その音は泡の音

平沢 逸

sono oto wa awa no oto

itsu hirasawa

講 談 社

その音は泡の音

写真　竹之内祐幸
装幀　川名　潤

1

「ああなったら人間の終わり」助手席でミミが言った。「一旦死んで、もう一回生まれかわったほうがまだマシ」

ミミが言うのは現在サークル員たちのあいだで流行っているギャンブルのことで、部室にある古い格闘ゲームをCPU設定で戦わせた結果、どのキャラクターが勝つか相場としては大体千円くらいの金額で賭けるというもので、一戦が終わるたびに負けた側が賭け金を払って勝った側が場の金額を総取りする。古いゲームだからキャラごとの能力値にもほとんど差がないので要するにジャンケンをしてるのと大して変わらないのだが、パチンコやフリー麻雀などの年々複雑性を増していくギャンブルに疲れきった一部のサークル員たちのあいだで密かなブームとなっていた。それが考案された当初は、決着がつくたびに雄叫びをあげたり悪態をついたりとそこそこの盛りあがりをみせていたのだが、そのあまりのゲーム性のなさに飽きあきしたのか、いまでは生気を失った顔でテレビ画面を眺め（ミミが言うには「感情が破壊された実験動物みたいな顔」）、決着がついてもだれひとり眉ひとつうごかさないまま無言で金銭のやりとりがされる。儲け分も最終的にゼロに収束していくはずだから結局はなにもしてないのと変わらない、人間のくずだ、ウンコの擬人化、そんなことしてる暇があったら資格試験の勉強とかしろとミミは口汚く罵るのだったが、その口調にはどこかそれを楽しんでいるような、うれしがっているような、あいつらにはもっともっとくだらないことをして大学生活を浪費してほしい、だってそっちのほうがおもしろいじゃん、というような口調だった。

「この前、サガワさんから回転寿司誘われたんだけどさ」レンタカーの二列目のシートで朝倉が言った。

「最初は奢ってくれるみたいな感じだったんだけど、会計前になってようやくジャンケンで負けたやつが全額払うってルール知らされてさ。六人いたから会計も二万五千円くらいで。なんであんな感じで嫌われてないんだろうな、あの人」サガワさんというのはサークルの四年生、ミミや朝倉たちの一個上の代の男演者で、例のギャンブルの考案者でもあり、大学近くのパチンコ屋に早朝から並ぶために部室に住みつくようなどうしようもない人なのだが、つい先月に学生ローンの返済が滞りまくったことが原因で金融会社から提訴されたという噂で、そのあとどうなったのかは誰も知らない。

「だれが負けたの？」

「サガワさん」

「そういうとこでしっかり負けるの、なかなか出来ないよね」と感心したようにミミは言うと後部座席の一年生ふたりにああなっちゃダメだよ、見習うんだったらあたしを見習わなきゃと言ってきかせたが、運転席の三井はさっきから車内の会話に参加してるようでカーナビやサイドミラーをちらちら見るのに忙しく、それは免許をとったのがつい先週のことだからなのだが、このまま山手通りをまっすぐいけば首都高に乗ってしまう、いまのおれの技術でそれは可能か、いや無理だ、といった自問自答をくりかえしていた。そもそもオートマ車しか乗らないんだったらマニュアル免許をとる意味などなかった、マニュアル車の割合など市場ではたかが二パーセントにすぎない、どうしておれはいつもこうなんだ、目先のカッコよさにとらわれて本質を見失ってしまう、ああもうすぐインターチェンジだ、一体おれはどうすればいいんだ。三井はブレーキに体重をかけると決断を先送りにしようとしたが、ちらりとのぞきこんだバックミラーのなかの後部座席ではユカリが呑気に鼻歌をうたっていた。それ何の曲？　ミミが訊いた。さっきから思いだせないんですよね。もう一回歌ってみ。あたし音痴ですけどいいですか？　べつにいいって。ええと、いきますね。そう言うとユカリはわざわざ背筋をしっかりと伸ばしてから、

あろーん、あげーん、なっちゅありぃ

と歌ったが、いや、アローン・アゲインってもう言ってんじゃんというミミの指摘がユカリの歌声をぴしゃりとさえぎった。あれ、これがアローン・アゲインなんですか。ハローアゲインじゃない？　いやアローン・アゲインだって。そんなふうに車内ではしばし

曲当てクイズが始まったが、こんな話をしているうちに全員がそわそわしたような、このままギルバート・オサリバンの素朴な歌声を聴かずにいたら自分たちはこれからの人生を一生後悔とともに過ごすだろうという絶望的な気分が車内に立ちこめてきた。ミミはスマホを手にとってカーステレオのボリュームをあげた。通信量を犠牲にしてサブスクで「アローン・アゲイン」をダウンロードまでした。カーナビからルート変更のアナウンスが聞こえてきたのはそのときだった。どうやら車がインターチェンジを素通りして山手通りをまっすぐ進んでいるらしい。それについてミミが指摘すると三井は無言のまま路肩に車をとめた。そして慎重にシフトレバーを押しこみ、カーナビの目的地を設定しなおしながら「このまま下道で行きましょう」と諦めたように言った。いまいるのは豊島区で、きょうの目的地は福島だった。とりあえずこの時点で正午すぎにはあちらに着いてご当地の名産品を食べつくそうという当初の予定は木っ端微塵に砕け散った。

「お昼どうしよっか」ミミが言った。「あたし、びっくりドンキー行きたい」

わたしたちはいまサークル合宿の初日だった。サークルというのはお笑いサークルで、要するに何ヵ月かに一回ライブをもよおしてそれぞれがコントや漫才などを披露する、というものだ。

ふだんは定期ライブやネタ見せなどが主な活動で、サークル内での大喜利大会や他サークルとの交流を兼ねた対決ライブなどもあるのだが、どういうわけか大学の夏休みのあいだだけはライブがない。その代わりに毎年恒例でもよおされるのが合宿で、新歓活動のときには新入生たちの気を惹くための名物イベントのような扱いとされていた。期間は八月二十日から二十九日までの十日間だ。いまはその一日目だった。つまりこうした一日があと十回続く、ということだ。

合宿といってもサークル員総出でどこかへ行くのではない。七月の序盤に二年生の代から何人か班長が選ばれ、東北班、九州班というふうにそれぞれ行き先が割り当てられる。四年生たちはすでに引退しているので合宿の参加メンバーは一年生から三年生まで。班長が旅館の予約を事前にすませて会議で決められた五、六人ほどのメンバーをひきつれてそれぞれの地方へむかうのだが、一応お笑いサークルという名目があるので途中で病院や老人ホームに寄ってコントや大喜利を披露する。その見返りとして宿を用意してもらったり、運がよければお捻りをもらったりして旅費を浮かせる。ようするに大学生が安く旅行をするための方便のようなものだ。無駄に歴史が長いサークルなのでいつからこうした行事が始まったのかはだれも知らない。

わたしたちの班は東北班だった。メンバーは三年の朝倉とミミ、二年で班長の三井、一年生のユカリと杉崎の総勢五人。杉崎はライブで音響や照明を担当するスタッフだが、それ以外はみんな演者だ。初日の朝九時、それぞれ長旅の荷物を片手に大学近くのレンタカー屋に集まるとわたしたちは早速出発した。借りた車は六人乗りの三列シート。助手席に座ったのはミミだったので初日に車内の音楽を流すのもミミということになったが、出発してすぐさまカーステレオから流れてきたのは不気味な轟音のノイズで、ベースの弦を針で突っつくような音、極限まで歪まされたギター。拍子もへったくれもないサウンドにあわせてミミは器用に肩を揺らしている。朝倉はシートベルトを外し、座席からとびはねるように助手席に身を乗りだした。そしてカーステレオのボタンを連打して音量をミュートにしながら、

「ドライブの一発目にノイズロック流すなよ」と言った。「オアシスとかにしろオアシスとか」それで合宿の一曲目は「ホワットエヴァー」になった。

それでそのまま正午すぎには福島に到着する予定だったのだが、首都高に乗りたくないという三井の決意は固く、しかし免許をもっているのは三井しかいなかったのでとりあえず埼玉の川口市にあるインターチェンジまで下道で行って東北自動車道を使って福島方面へ向かおうということになった。板橋区のびっくりドンキーで早めの昼食をすませるとまた車を出したが、カーナビは不調で渋滞にも巻きこまれ、そもそもびっくりドンキーでカレーを頼んだ朝倉にびっくりドンキーでカレーを頼むなんてありえない人間じゃないとミミがしつこく突っかかったという事情もあって川口市に到着したころにはもう午後の二時をすぎていた。外は一日でもっとも暑い時間帯だった。もしかしたら一年でかもしれな

い。高速道路に入ると午後の日差しのなかで車はようやく滑らかに進みだした。助手席ではミミが百五十キロ出せと煽っていた。だが三井は必要以上に車間距離を気にしながら法定速度を一キロたりともふみこえようとしなかった。

後部座席から眠たげに窓の外を眺めながら、まぶしい、とユカリは思った。鋭い陽がさしこみ、まつ毛のあいだで爪弾くように揺れる。視界の端でちらつく菫色を追いかけ、そのまま青空を背景にしたビルの群れへむかって顔をもちあげながら、真夏の日差しに目をほそめて、まぶしい、と思うとき、そのまぶしいという言葉がどこから来たのかわからなくてときどき混乱したような気持ちになる、と思う。照りつく午後の日差しにまぶしいと思わされているような、あたしのなかにまぶしいという言葉が元々あったんじゃなくて、あたしの外からまぶしいという言葉が入りこんできたようなそんな感じがするところがおもしろい。そもそもまぶしいという言葉は妙じゃないか？　目が痛いでいいのに、わざわざ、まぶしい、だなんて。そう思ってはみるものの、その思いつきが今後の人生でどういう意味をもつのか、そういったことについてはさっぱり見当もつかず、だがそんな無意味さこそが楽しいのだというような心地でそのまま車窓に目をこらしつづけていると、陽がかげったのか、さっきまでのまぶしさもすっかり消えてしまった。ドライブ中に窓から眺める景色というのはいいものだ、とユカリは思う。真っ赤なボンネット、隣を走る軽自動車の家族連れらしき団欒。みんながみんな楽しげで、気分が浮ついてこちらまで鼻歌などうたってしまう。音痴だけど子供のころからあたしは音楽が好きなのだ。歌ってはおどる、歌ってはおどる、歌ってはおどってときどき眠る。こうして車内のシートに尻を沈ませて、車内の音楽に包まれていると自分の身体がどっか遠くへいっちゃったんじゃないかという気がして心地よい。さっき空に浮いてた気球はどこに消えたのだろう、次のサービスエリアまであと三キロ、こんな暑い日にスポーツカーなんて乗ってるやつはばかだ、意識はあっちへ行ったりこっちへ来たり。昼食後だから眠くなるけど、初日から車内で眠りこけるわけにもいかない。窓にこつんと頭をもたせると、ビルの広告塔の背後から滲む太陽にまた目がくらむ。この天気が十日間ずっと続くといいのだけど。

そもそも家族以外の人と十日間も旅行するなんてこれが初めてじゃないだろうか？　中高の修学旅行は三日とかだったし、半年前に高校の仲良しメンバーで行った卒業旅行もせいぜい一泊二日だった。もともとお笑いにとりたてて興味があったわけじゃない。三歳上の兄がバラエティ番組を観てるのを横目にのぞいてたくらい。では何故お笑いサークルに入ったかというと、それは新歓のときに聞いた夏の合宿が楽しそうだったからで、あまりチャラチャラしてない雰囲気も好みだったし新歓ブースで対応してくれたミミさんのびっくりするほどの口の悪さにも妙に惹かれた。つまり念願の合宿、というわけだ。なんだか本当に大学生になったみたい。こういう日の早起きはいくらしてもしたりないくらいだ。そのとき前の座席からどっとした音の塊。笑い声だ。笑い声と気づく前のそれにはなにか暴力的なものがある。どうやらミミさんが過去の合宿であったエピソードを話しているらしい。何年も前の合宿で客の前で自殺のネタをして未来永劫出禁になった病院があるとのことだ。

「ま、今回はそういうの禁止で」朝倉さんはさらりと言った。「そういうの嫌なんだよ。おれらトガってるでしょ、みたいな感じがして」

「朝倉はおじいちゃん子だもんね」ミミさんがからかうように言う。

「おじいちゃん子関係ある？」

「庭で飛んできた鳥にぶつかって死んだジジイね」

「死因イジんなって。本当のことだけど」

という二人のやりとりにも、場の空気におされてユカリは思わず笑ってしまう。ふたりはずっとこんな具合だ。不謹慎も下世話も、すべてが二人のテンポのよいやりとりのなかに蒸発してしまうような。合宿中の車内はきっとふたりが盛りあげてくれることだろう。べつに大したことを言ってるわけじゃない。だけどその場の空気を明るくしてしまう話術というのはすごいものだ。それに比べて、ユカリは思う。ふだんのあたしがしているやりとりときたらどれだけ鈍臭いことだろう？　モグラは小さいとか、ウサギは速いとか。いまだって上級生たちだけで楽しんでいるわけでもない。ときどき後部座席に話を振っては一年生たちを置き去りにしないように聞き役にも徹してくれる。朝倉さんは独特な雰囲気があるし、ミミさんなんかこの前は部室に実家で飼ってるゴールデンレトリバーを二匹連れてきたりと破茶滅茶で（名前は弥太郎と喜太郎）、あたしのような人間はときどき気圧されてしまうところがあるのだけど、だからといってサークルを辞めようなどとは夢にも思わないし、これからどんどんこのサークルに馴染んでいきたいとも思うのだった。いいサークルの、いい班になったかもしれない。おもしろい人たちと一緒にいると、自分までがおもしろい人間になったような気がするものだ。エアコンの風が冷たい。いぼいぼした鳥肌が腕にそそりたつ。ちょっとだけ温度を下げてほしいけど、朝倉さんとミミさんの会話を邪魔するのも悪いのでリュックサックから薄手のブランケットをとりだすとはらりとひざのうえにかけた。

埼玉と群馬の県境を越えると、すぐに栃木にさしかかった。途中で立ちよったサービスエリアは賑やかな雰囲気で、建物前には屋台や移動式の花屋が立ち並び、鮮やかな飛沫を散らす噴水広場では半裸の子供たちが巨大トランポリンでとびはねている。初日は福島のビジネスホテルに泊まる予定だ。このまま高速道路をくだっていけば六時ごろにはホテルに到着するはずだったが、県境をこえる直前で下道におりると住宅街を曲がって二階建ての一軒家の前に車をとめた。物置がわりのガレージにはごたごた物が積まれ、隅にある発泡スチロールの箱のなかでは水草や藻のあいだで何匹ものメダカが泳いでいる。門柱の奥の玄関にたたずんでいたのは白髪まじりの見知らぬ中年男性だ。三井は運転席からおりると男性に声をかけ、ボストンバッグを受けとるとトランクを開けてパンパンに詰まった荷物の隙間にそれを押しこんだ。三井が車に乗りこむと男性は当たり前のように朝倉の隣に乗りこんできた。そしてシートベルトをしめて後部座席をふりむくと、不審気な表情をうかべた一年生ふたりを無言のままじっと見やった。

じつは夏の合宿には、上級生たちが一年生にドッキリをしかけるという毎年恒例の風習があった。例年の場合は、班長が途中で失踪する、女演者が先輩の子供を妊娠するといったヘビーな内容を何日もかけて行う班もあれば、先輩のバッグに大量のメリケンサックが入っている、トイレに行くたびに班長がびしょ濡れになって帰ってくるという適当な内容でごまかす班もあるのだが、今年の場合はタカギさんという迂闊な四年のOBが新歓コンパでドッキリについて口を滑らせたという事情もあって、あらかじめ一日一回ドッキリが起こることを一年生に知らせて後日どれがドッキリだったかを当ててもらういわゆる「予告ドッキリ」をすることになっていた。ドッキリの内容は事前に上級生たちがファミレスに集まって決めたものだ。初日のドッキリはミミによって無理矢理決行されたもので、要するに三井の父親が普通に合宿に参加してくるというものだ。

「いやいや、遅れちゃってすいませんね」住宅街をドライブしながらミミが言った。「ちょっと渋滞してたもんで」

「いいえ」三井の父親が言った。「大丈夫です」

「今日はなにしてたんですか？」

「寝てました」

「ああ、なるほど。いいっすね。寝るの。あたしも寝るの好きなんで。でも、やっぱあれっすよね。三井くんと似てますよね。よく言われません？　似てるって」

「いえ」宙にぼんやり視線をむけ、五秒ほど沈黙を挟んでから三井の父親がようやく口を開いた。「全く言われません」

「あ、ホントですか。なんか、耳のあたりがすごい似てると思ったんですけど」

「そもそも耳で人を判別しないだろ」朝倉が言った。

「たしかに。耳なんて全員おんなじですもんね。さすが朝倉。さすが東大を三点差で落ちた男。すいません、へんなこと言っちゃって。あたしすっごく目が悪くて。いまはコンタクトしてるんですけど外したら全然見えなくって。この前なんか風呂上がりにテレビぼんやり観てたら、トランプ大統領っているじゃないですか、アメリカの政治家の。あ、トランプだ、またなんか大口叩いてんのかなって思ってたらデカめのオカメインコでした。もう見間違いばっかで。嫌になっちゃいますよ。いやあの、トランプとオカメインコって似てません？　金髪のトサカの感じとか。あ、わかんないすか。わかんないなら仕方ないですね。いえいえとんでもないです。全部あたしが悪いんで。いやんなっちゃいますよ。いやぁ、ホントに。ねえ、ユカリ」

「え、あ、はい」心底驚いてユカリは言った。荷が重かった。自分にこんな大役務まるだろうかと思った。「あの、お仕事とか、なにをされてるんですか？」

「去年退職しましたが、市役所の土木課に勤めていました」

「あ、そうなんですか。すごい、地域の役に立つお仕事で。ふうん、土木課ですか。その、土木課って、具体的にどんなことされるんですか？」

「メダカの世話してました」

「え、メダカ？」

「いえ、さっき、今日はなにしてたかと訊かれましたので」

「あ、今日の話ですか。すいません、勘違いしちゃって。そういえばガレージにメダカの水槽ありましたもんね。でも、メダカなんですね。定年したら犬とか猫とか飼う人多いって言いますけど、メダカなんですね」

「私に生き物を育てる資格はありません」

「はい？」

「私に、生き物を育てる資格など、ありはしないんです」

となったところでようやく三井が車をとめた。運転席を出てスマホでどこかに電話をする演技をし、そしてバツの悪そうな顔で車内にもどってくると「すいません、今日の宿五人分しかとってなかったです」と申し訳なさそうに言った。それを聞いたミミと朝倉は非難殺到で「何してんだよ、マジで」「死になよ」「お前はそうやってこれからも生きていくんだろうな」と罵声を浴びせたが、もちろんそれも茶番で、車を発進させると大至急来た道をひきかえしてさっきまでいた自宅の前で三井の父親を下ろした。事情を理解しているのかしていないのか三井の父親は不思議そうな顔をしていた。さっきより明らかに目が小さくなっていた。ボストンバッグを背負った背中が玄関のむこうに消えてしまうとこれで一日目のドッキリは終了だった。内心ほっとしながら車を走らせるとふたたび高速に乗った。車内ではまだミミがぐちぐちと三井に悪態をついていた。これみよがしにため息をつくと「親の育て方が悪いんだよね、きっと」と小さく舌打ちをした。

結局、宿に着いたのも夜八時をすぎてからだった。宿泊先は国道沿いにある三階建てのビジネスホテルで、ユニットバス付きの六畳の部屋にふたつの二段ベッド、窓がこちらに大きく張りだしているので多少窮屈な気がしたが、値段も安いしまあこんなもんだろうという感じだった。近所の海鮮居酒屋で夕食をすませ、たらふく地元の魚や地酒を腹におさめると車を走らせてホテルに帰った。帰り道の途中で危うく民家の垣根に車をぶつけそうになった。しかし直前でハンドルを切ったためそれに気づいたのは三井だけだった。明日はさっそく公演だ。仙台の老人ホームで一時間ほどコントや大喜利を披露し、夕方以降はどこかで観光でもする予定になっている。初日の疲れもあってか、宿にもどると部屋飲みもせずにさっさと客室にひきこもった。眠かった。こんなに眠いのは人生で初めてだった。ベッドにもぐりこむと、暗闇のなかでしばらくさらさらした衣擦れの音が響いていた。国道を走るトラックのせいで窓がかたかた揺れた。

初日の夜空にうかんでいるのは満月だった。ときどき薄い雲にさえぎられながら、木の断面のような色の光で国道沿いの街をくっきり照らしていた。ローカルチェーンのファミレスや、セルフサービスのガソリンスタンド。駐車場のひろいコンビニや、壁がガラス張りの輸入車専門店。押しボタン式の歩行者信号はだれも押すものがいないから常に赤い照明をともしている。月からしても、この街は自分自身の光に照らされてみえることだろう。太陽の逆光のせいで地表など暗闇に沈んでいるかもしれないが。国道を横断する川の水面では小刻みに月の光がふるえている。さっきまで水面は鏡のように真っ平だった。だが雲間から月の光が射しこんだとたんに細かいさざなみにおおわれていたことがわかった。

月の光という表現はおかしいかもしれない。月が自ら発光しているのではなく、地球の反対側にある太陽の反射光なのだから。

だが、やはりそれは月の光だ。目をつむって、空に手をかざしたときの冷たさだけでそのことはわかる。

さてと、二段ベッドの下段で三井は思った。ようやく、真夜中という時間がおとずれてくれた。毛布にくるまっているこの時間だけはだれかに邪魔をされる心配もない。後輩を退屈させないように気を遣ったり、ミミさんの無茶振りにこたえたり、バックミラーを確認して車間距離に注意したりする必要もない。旅行中では貴重な、ひとりきりになれる自分だけの時間だ。もちろん昼間は昼間で楽しい。音楽にあわせて指先でハンドルを叩いたり、だれが助手席に座るかもめているのを横目に眺めたり。旅行の一日目なのだから楽しくないわけがないのだけど、こうやって皆から離れて深夜のふくらみのなかでひとり息を潜めて安心してるおれもいる。旅行の一日目というのはずいぶんと長く感じるものだ。朝九時に集合してレンタカーを借りたのが今日の出来事ということが信じられない。にしてもあの父親はどうにかならないのだろうか。いくらなんでも生気がなさすぎる。ミミさんの言うところによると「去勢されたラクダみたいな顔」とのことだ。よくもじつの息子の前であんなひどいことが言えるもんだ。だけど、笑ってしまったおれもおれだ。枕に頬を埋めながらこっそりと思いだし笑いをする。鼻息が枕カバーを湿らし、上段に架けられた梯子を抜けて暗闇のなかにすうっと吸いこまれていく。

　隣のベッドの下段に寝ているのは杉崎だ。こちら側にむけた背中にかかった毛布が規則正しく上下してるからもう眠ってしまったのかもしれない。同じ班になったはいいものの、杉崎のことはいまだによくわからない。ええ、だとか、はい、だとか、こちらがどれだけ質問を重ねようが気のない返事ばかりをしてくるやつだ。とはいえさっき朝倉さんとは普通に話してたからおれが口下手なだけかもしれないが。汗臭い空気がこもってきたので右足を毛布の外に出し、壁側に寝返りをうつとさっきまでなかったはずの淡い色をした染みが目の前にある。なんだか怪談の始まりみたいだ。染みの形は、まっすぐこちらを見つめる人間の顔に見えなくもない。薄目ごしに、暗闇のなかでは茶色なのか黒なのか判別のつかないその染みを見つめているうちに、さっきまで穏やかだった眠気に波紋が立ち、自分の唾液を嗅いだときのような気怠さに下半身が熱くふくらみをおびていく。

バカみたいだ、苛立ちながら三井は思う。疲れてるというのに、明日も一日じゅう運転しなければならないのに、おれは合宿の初日から下半身をもぞもぞまさぐって性欲をしずめなければならないのか？　そもそもおれはそこまで性欲が強いほうじゃないはずだ。だけど落ちついた心地で布団のなかにもぐりこんでいると、意識が眠りに傾いていくとともにただの生理現象なのか下半身がふくらんで、性欲のせいで下半身がふくらんだのか下半身がふくらんだせいで性欲がかき乱されたのかがわからないことが男にはよくある。無茶苦茶だ。論理の方向をしっかり守ってほしい。そもそも男が下半身をまさぐるのは性欲云々というよりも大方は暇なときで、だとしたら合宿中に暇な時間などはもちろんないのだけどだからといって男子大学生にとって下半身をまさぐらないでいるには十日間という期間はあまりにも長く、どこかのタイミングを見計らってまさぐるのだろうと思ってはいたもののそれが初日に来るのは情けないというか、惨めというか。サークルの男連中のあいだでもいつまさぐるかというのはこすりつくされた話題だ。トイレの個室でまさぐれというもの、一人部屋の日にまさぐれというもの、そもそも合宿中はまさぐるべきではないというもの、隣に人が寝てても全然まさぐるけどなというもの。おれには、そういうタフさがないのだ。罪悪感も羞恥心もなく、合宿の夜にさっさと性欲を解消して眠りにつくという至極まっとうなタフさが。このままでは明日ミミさんやユカリを妙な目で見てしまうかもしれない。失敗した。どうして昨日の夜にまさぐらなかったのだろう。昨日の夜にまさぐっとけばさっきまでは小さかった下腹の火照りもここまで大きくならずにすんだのに！

のどを太く鳴らして生唾を飲みこみ、仰向けの姿勢に寝返りをうつと上段から朝倉の寝息がきこえてくる。穏やかな、樹木が土から水分を吸収するようなしずかな寝息。こんなとき朝倉さんはどうしてるのだろうか。ほかの男演者が自分の性事情をあけっぴろげに話すのにくらべて、朝倉さんは自分からそういうことを話さない。だからといって潔癖という印象もなくて、気難しい人でもないし下ネタにはげらげら笑う。聞けば話すのかもしれないけど、あいつはそういうキャラじゃないからというようにサークル員たちもわざわざ踏みこむことはない。朝倉さんももう眠ってしまったんだろうか。このトラックの荷台の揺れる音を聞いている人間は、いまこの夜のなかに何人くらいいるだろうか。

上体をおこし、そっと床の絨毯に足をつける。ベッドから下り、玄関脇のユニットバスを素通りすると音を立てないようにホテルの廊下に出た。緑色をした非常灯の光、自動販売機からもれる機械音。薄暗い一階の廊下をまっすぐ進み、突き当たりの角をまがると人気のないロビーの蛍光灯の光にしばし目がくらんだ。無料のウォーターサーバー、壁にかかったシンプルな湖の風景画。スツールに腰かけ、フロント脇におかれていた観光用のパンフレットをパラパラめくっていると、三ページに山小屋の並んだなだらかな平原のキャンプ場の写真がある。たしか、三井は思う。小学生のときにボーイスカウトのハイキングで行った場所だ。煤に汚れた指で目をこすったため、次の日の朝にまぶたが真っ赤に腫れていた場所。クリーム色をした山小屋の壁に見覚えがあるが、屋根は平らじゃなくて切妻造だった気がする。パンフレットをテーブルに放りなげると、壁にもたれかかりながらしばらく目をつむる。蛍光灯の残光、ウォーターサーバーのとぷんとした水音。外の空気を吸おうと思って自動ドアの前に立つ。東北の夜の冷気が肌を撫でるが、室内用のスリッパを履いたままだったので結局は男部屋にもどって二段ベッドの下段に大人しく座りこんだ。時刻はもう二時過ぎだ。ベッドの下段でスマホを点けると、シーツに落ちた陰毛の影が枕元にくっきり浮かびあがる。アダルトサイトを開こうかまだ迷う。スマホを片手に、自嘲気味な思いをもてあましながら、ベッドに横たわって液晶の光を顔に浴びていると、そのとき暗闇の奥から突然大きな屁の音が鳴りわたった。あまりの大きさにびくりと肩が震えた。杉崎がしたのか朝倉がしたのかはわからなかった。もしかしたら自分かもしれなかった。だけど、なんだか、ぜんぶがどうでもよくなった。合宿の初日の夜に聞いた、だれにむけて鳴らされたわけでもないこの屁の音を、おれは死ぬまでおぼえてるだろうな、と三井は思った。

ユニットバスにこもり、とっとと精液をぶちまけると今度はあっさり眠りにつくことができた。夢のなかには小学校時代の担任の先生が出てきた。中華料理屋らしい円卓を挟んでふたりで食事をしているのだが、どれだけ考えても担任の名前が出てこない、だけど思いだせないととんでもなく恐ろしいことが起きるような気がして焦る焦る焦る、という夢だった。

2

二日目の朝食は、ホテルの食堂にあるひとり九八〇円のバイキングだった。メニューはロールパンやスクランブルエッグ、ボイルソーセージや白米や納豆や温泉卵。いくつになっても朝食バイキングというのは心躍るものだ。そもそもこのホテルが選ばれた理由も朝食バイキングがあるというのが大きく、前日の車内ではだれかがバイキングについて話しただけで全員が膝を叩いて大笑いというほどだったが、いざ翌朝になってみると寝坊に次ぐ寝坊で食堂にあらわれたのはユカリひとりだけだった。一膳の白米と焼き鮭と納豆、二杯の野菜ジュース。そもそも朝なのだからそこまで腹に入らない。ものの十分で腹がふくれ、釈然としないまま客室にもどるとミミは枕に顔を突っ伏したまま死んだように眠りこけている。朝の支度をすませ、腹ごなしがてらに国道沿いの道を散歩してからもどってきてもミミは同じ姿勢のままぴくともしていない。あまりの退屈さにユカリは灰皿脇におかれたミミの煙草を一本だけ拝借することにした。ウィンストンのボックスの8ミリ。人生初の煙草だ。口にくわえて火を点けると一息吸っただけで肺がひっくりかえりそうなほどむせてしまったが、朝のホテルの一室でひとり煙草をふかしている状況は悪くなかったし、朝日に照らされた副流煙はクラゲの触手みたいできれいだ、とも思った。

結局、全員がロビーに集合したのはチェックアウト五分前のことだった。フロントに鍵を返し、のろのろと水中を泳ぐように荷物をトランクに運びこむ。エンジンをかけ、出発寸前に空気を入れかえようと三井が運転席の窓を開けると、メーターパネルの手前側に一匹のテントウムシがいた。じつはこのテントウムシはミミのリュックサックに付着していたもので、初日の朝早くに車内に迷いこんでしまってからいままでずっとシートの陰に身を潜めていたのだ。途中のサービスエリアでも、ホテルに到着したときにも脱出する隙はなかった。つまり、わたしたちは合宿の初日をこのテントウムシと一緒にすごしてきたのだ。その事実に誰も気づいていない。まったく、不甲斐ないばかりだ。何の気なしに三井が背中の水玉模様にふれると、テントウムシは羽をひろげて太陽に照らされた野外へまっすぐとびたっていった。緑の植え込みを見つけ、テントウムシがツツジの葉に着地したときにはもうわたしたちの車は見えなかった。すでに駐車場から出て国道を北へ走っていた。テントウムシはここが自分が産まれた土地から遠く離れている事実に気づいていない。頭上の木漏れ日を小さな触角でまさぐり、細かな毛の生えたツツジの茎を登っていくと途中にアブラムシの群れがあった。獲物の背後に近づき、のしかかるように頭をもたげると一日ぶりの食事を思う存分味わった。

どうせ昼食はすぐだというのでユカリ以外の四人は朝食抜きになった。この後は昼過ぎに老人ホームへ到着し、あちらが用意してくれるという昼食を食べてから午後に公演という予定になっている。窓の外では刈り入れ間近の青い稲穂がさざ波立ち、トラクターの走る畦道では赤い彼岸花がざっと長い茎をしならせる。青空の下には薄くかすみがかった山脈がそびえ、ぽつぽつと民家が点在する景色には商業施設どころかコンビニひとつなかったが、そんななかミミが突然、おしっこがしたい、あと五分で漏らす、とあっけらかんと言った。アクセルを踏みこんでわたしたちは猛スピードで車を走らせた。急カーブに尻を浮かし、景色もろくに眺めずに大至急トイレをさがすとちょうど五分ほど行ったさきに運よく道の駅があった。道の駅の裏手は獣道すらない深い森になっていて、蟬や鳥たちが濃い鳴き声をあげる枝葉のあいだを、びっしり張りめぐらされた大きな蜘蛛の巣が風に吹かれてそよそよ揺れている。木漏れ日がさしこむと、蜘蛛の巣は濡れたように光る。まるで空間が可視化されたような眺めだ。べつにだれかがそう思ったわけではないが。ミミがトイレをすませると喫煙所で一本だけ煙草を吸ってまた車を走らせた。おしっこは前もってすませとくもんなんだよと朝倉が言うと、はぁいとミミが言った。

楽しいな、ミミは人さし指を揺らしながら思った。車内の会話を指揮するように運転席の三井をさし、宙を移ろってから隣のシートのユカリをさすともう一度、楽しいな、と思う。ふだん、どれだけ楽しくても、頭のなかでしっかりと、楽しい、という言葉を思いうかべることは、じつは少ない。楽しいだろうな、とか、楽しかったな、はよくある。だけど、楽しいなとその場の状況にいながら思うことは滅多にないから、たぶん、いまあたしは本当に楽しいと思ってるしこれからの九日間もきっと楽しいものになるだろう。指先の赴くままに視線を外にむけると、田んぼの真ん中に一匹のシラサギがいる。車内のメンバーをふりむきながら、シラサギと牛って仲良いんだって、共棲っつうの？　牛が歩くと足元の草から虫がとびだしてくんじゃん、それを狙ってシラサギのやつずっと牛の周りをうろついてんだってと豆知識を披露すると、それって本当？　朝倉が言う。それに対して、いやウィキペディア情報だからわかんない、と平気で発言をくつがえす。楽しい。どんな適当なことを言ってもゆるされるしなにを言っても笑ってくれる場だ。三井は可愛がってる後輩だしユカリもニコニコしてて話してて楽しいし、杉崎はまだちょっとわからないとこがあるけどなによりも朝倉とは話があってふだんからふたりきりで飲みにいったりする仲だ。朝倉は勘が鋭くて頭がいい。こっちがどんなことを聞いてほしくてどんなふうにツッコんでほしいのかこのサークルで一番わかりすぎるほどにわかっている。いいメンバーだ。いいメンバーすぎて思わず金玉の話をしてしまう。あたしが小一のときに父親がヘルニアになって、一緒に風呂に入ったときに見た父親の金玉が女の握り拳くらいあったという話で笑ってくれる友達をあたしは一生大事にしたいと思う。

バイト先やゼミの同期とのあいだではなかなかこうはいかない。金玉の話など突然しても面食らわれるだけだし、そのくだらなさやバカバカしさを共有してくれる相手というのはなかなかいなくて、それはあたしが女だからとかではなくて社会的にはまあ当たり前のことということかたとえば高級レストランの厨房から金玉の話が聞こえてきたらそりゃ嫌だろという話なのだけど、それでも女が下ネタを言うのに引く勢力というのは結構いてこのサークルの外にはもちろんのことこのサークルにもいなくはない。あたしはそういうやつのことを全員男子校出身だと思うことにしている。神経質なママと金を稼ぐことしか能がないパパにかこまれて育ったやつだと。しかもそういうやつに限って男子校出身ということにコンプレックスを抱いている。シコりすぎて左側にひんまがったチンコを隠しながら他人を見下す。だから童貞をこじらせる。どれだけ女を抱こうがヤろうがそいつの童貞は終わることを知らないのだ。幹事長のキリタニなんかがいい例だ。女って脱いでもおもしろくないじゃん？　一年の頃の飲み会であいつはそう言った。女はおもしろいじゃなくてエロいが勝っちゃうから。驚いたことに、そんなことをのたまってみせるキリタニのネタは全然おもしろくない。初めて見たときびっくりした。え？　え？　え？　あたしいま舞台上におかれた大きめの岩を五分間ただじっと眺めてましたぁ？　と思ったくらい。とはいえキリタニと喧嘩をすることもなくて、それは喧嘩をすることであいつのレベルにまで落ちていきたくないプライドというか周囲の人間とバチバチにやりあいたいという若者にありがちなあちらの願望をスカすためなのだろうけど、まああんなバカのことはどうでもいいし、というかキリタニのこともマジに嫌いなわけじゃなくてあんな悪口の言いやすい人間なかなかいないから言ってるだけだしそれにイライラするだけ無駄じゃんという自分に対する客観的な視点もあたしはしっかり持ちあわせている。いま大事なのはこの班にはあいったバカがいないということで、あたしは朝倉や三井たちのことが本当に好きだしおんなじ班になれたことが心の底からうれしい。うれしすぎて今度は大人のおもちゃの話をしてしまう。子供のころに父親の部屋を漁ってたらクローゼットからピンクローターや電マが入った段ボールを見つけたあげくしかも底にあった使いかけのローションが何故かキンキンに冷えていたという恐怖譚で、そのエピソードでみんな笑ったりとびはねたりしているというのに三井だけが呆けた顔をしていたので席からぐいと身を乗りだすと事故死を覚悟のうえで運転中の三井の肩をとりあえず殴った。

老人ホームは白い外観で、市街地の外れにあるトマト農家の畑と面したように建っていた。生垣が周囲にめぐらされ、芝生の敷かれた庭にはガーデンチェアや日除け用のパラソルがおかれてある。受付をすませると施設長に挨拶し、控室で病院食を平らげてから一時間ほどネタの練習をすると午後二時から公演がはじまった。舞台衣装は全員が甚兵衛、合宿中はスタッフも舞台に立つことになっているので演者は総勢五人だ。舞台は板敷の大広間だった。畳と屛風で作った即席のステージがしつらえられ、客席のパイプ椅子には五十人ほどの老人やヘルパーさんたちが窮屈そうに座っていた。

前座としてまずはミミとユカリのコンビが漫才を披露した。公演中の注意を言うなかで、ミミがなにかボケるたびにユカリがピコピコハンマーでツッコんでいくというものだ。まずは大声を出さないこと。ああそれは大事ですね、いきなり大声出されたらあたしたちびっくりしちゃいますからね、しゃっくりしてたらありがたいんですけど。いや公演中にしゃっくりせえへんやろ（と、ユカリがピコピコハンマーで頭を叩く）。次に飲食禁止。ああこれも大事ですね。あたしたちお腹減ってるんで、さっき出てきた病院食は不味くて全部のこしましたから。いや全部美味しくいただいたやろ（と、ピコピコハンマーで頭を叩く）。最後にこれが一番大事、あんま笑わないこと。いやなんでやねん、お笑いなんだから笑ってもらったほうがええやろ。いや、そうじゃなくて。え、なに？　あんま笑いすぎて点滴の針が抜けたら困りますからね。いやそんなわけないやろ（と、ピコピコハンマーで頭を叩く）、もうええわ、どうもありがとうございましたー。客席は爆笑だった。

ピコピコハンマーの音が鳴るたびにどっと客席が沸いてボケと関係ないところで笑ってるおじいさんも何人かいた。ネタは前日の夜にミミが主導で作ったものだが、作りはじめた五分後にはもうできていた。ユカリは漫才というものは関西弁でツッコむものと思っているらしく、それがおもしろかったのでミミはなにも言わずにそのまま放っとくことにした。

次はサークルに代々伝わる時代劇風のコントで、ちょんまげのカツラをかぶった侍役の朝倉とお付きの杉崎が江戸の町をぶらついているところに町娘であるユカリが助けをもとめて駆けよってくる。そこに暴漢役のミミがあらわれ、朝倉のことを刀で斬りつけようとするが鞘からひきぬいた刀が短い（短い！　とみんなでツッコむ）。ふたりのあいだで殺陣がくりひろげられるがタイミングがあわずにミミの刀がすべて朝倉に刺さってしまう（下手！　とみんなでツッコむ）。刀を落とした朝倉が真剣白刃取りをしようとするも頭上にふりおろされるミミの刀が遅い（遅い！　とみんなでツッコむ）。ここまでがお決まりの展開で、そこから先は班員の数や好みによって毎回マイナーチェンジがほどこされるのだが、この日はミミの無茶振りによってフルフェイス姿で突然舞台上にあらわれた三井がタイムスリップしてきたＦ１ドライバーとしてネタを落とすことになっていた。口で走行音を鳴らしながら舞台上を駆けまわるが、何も思いついていない。一旦上手側にハケ、しばらくして下手側からあらわれたときにもまだ何も思いついていない。吐息を荒くし、悲し気な顔をした客席の老人たちを見ないように三井が必死に頭を回転させていると、そのとき最前列にいたおばあさんが突然奇声をあげた。慌てて駆けつけた職員さんに背中をさすられ、車椅子を押されながらおばあさんは大広間の外へ出ていった。これはもう無理だと感じたミミが刀をふりかざし、キエーと叫びながら三井に斬りかかると三井は大袈裟にその場に倒れこみ、機転をきかせた朝倉によってネタは無理矢理締めくくられた。これで前半が終了だった。座布団をかかえた演者がふたたび舞台上へあらわれると、後半の謎かけコーナーが始まった。

軽いボケをまじえた自己紹介を四人がすますと、司会進行役の朝倉が事前に考えておいた例題を披露してから客席からお題をもらった。一つ目のお題は「祭り」だった。四人が考えてるあいだは朝倉が客いじりをして場を繋いでいたが、三十秒ほどしてミミが手をあげ、「祭りとかけて吸い物とときます。その心は、どちらもダシが大事でしょう」と答えると客席からパラパラと拍手があがった。それからも謎かけコーナーは滞りなく進行していった。なかには「秋のイタリア」という難しいお題もあったが、そんなときにはユカリが微妙な回答をして皆からイジられたり三井がミミに喧嘩をふっかけたりするくだりでどうにかやりすごした。ミミが苦しんでいるときに意外な才能を見せたのが杉崎で、そのなかでも「牛乳とかけまして不倫の証拠とときます、その心は、チチを搾れば出るでしょう」という回答は拍手喝采だった。そこそこの盛りあがりを見せたまま公演は終了し、老人たちと一緒に記念写真を撮って後片付けや着替えをすませて施設から出ると、機嫌良さげな顔をした施設長が駐車場まで見送りに来てくれた。施設長はひとりひとりとしっかり握手を交わし、チェック柄のシャツの胸ポケットから茶封筒をとりだすと、

「いやあ、いいもん見せてもらいました」と言った。「少ないですが、これ」

施設を出発し、職員たちの姿が背後に見えなくなるとミミはすぐさま茶封筒を開けた。なかには五万円が入っていた。何回数えても万札が五枚だった。するとミミは背中をよじらせるように大爆笑し、万札を車内にひるがえしながら、

「ちょろい」と言った。車内のBGMは浜田省吾の「マネー」になった。車を走らせ大豪遊しに松島にむかった。

しかもきょうの宿は老人ホーム側が手配してくれることになっていた。ミミと朝倉が言うにはあそこはサークルに代々伝わるお得意先で、税金対策なのかたかが大学生の公演に湯水のように金を使ってくれるらしい。ミミは窓を開け、車から身を乗りだしながらひらひら万札をひるがえした。BGMは浜田省吾の「マネー」から、ABBAの「マネー　マネー　マネー」になり、「ウィズ・ザ・ビートルズ」に収録されているビートルズの「マネー」になった。その勢いのままついでにきょうのドッキリも済ませとこうということになった。朝倉のスマホのホーム画面が軍服姿の東條英機になっているという簡単なもので、一年生ふたりに見せびらかすように液晶を点けたままスマホを座席に置いていると、

杉崎は一瞬だけ液晶に目をやってから、不可解なものを見たというように不審そうに朝倉の横顔を見つめていた。

道中では自動販売機を見つけるたびに車をとめて手当たり次第に千円札を突っこんでいった。ボタンを連打し、買えるだけのドリンクを買って一口だけ味見をするとあとは捨てた。神社の賽銭箱に小銭を投げいれ、コインパーキングにとまった他人の車の駐車料金を勝手に支払い、コンビニではパチンコ雑誌二冊とゴシップ誌を三冊、もとのボトルもないのに詰め替え用の洗剤やシャンプーを合計一キロ分買い、ATMから金をひきだして手数料だけ払ってすぐに入金し、本体の端末もないのに電子タバコのカートリッジをカートンで買ったりした。二万円ほどを完全な散財で使ったところでようやく見かねた三井がミミから茶封筒を奪いとった。このままでは残りの三万円全額をアマゾンギフト券に換えられてしまいそうだった。気が大きくなったミミはポケットから自分の財布をとりだした。一万円のポケットマネーをレジ横の募金箱に突っこみ、うしろをふりむいては「誰も傷つけないお笑い」と言って大爆笑をかっさらう予定だったが、だれも見ていなかった。買った品物を車のトランクに詰めこむと、残った金でふつうにうまい飯でも食おうという話になった。松島に到着し、海鮮市場に入るとアワビや生牡蠣やとれたてのブリの刺身を食べた。

ホテルにむかう途中の車内で、ミミがまたもよおした。周囲は民家ひとつない田舎道で、今回ばかりは本気で反省している様子のミミを乗せて大至急車を走らせていくと、ローカル線の踏切を越えたさきにさびれた公民館らしき建物を見つけた。時刻はもう夕方だ。杉崎を車内にのこし、ミミとユカリが施設にトイレを借りにいっているあいだ朝倉と三井は公民館前の喫煙所でふたりを待つことにした。埃っぽい風が吹きつけるせいで、なかなかライターの火が点かない。右手でかこいながらようやく火種をともし、吸いこんだ煙を頭上にむかって吐くと、雲を濡らした西日のなかに輪郭を曖昧にさせながら白煙はやがて消えていった。

目の前の街道にあるのはほとんどが古びた瓦屋根の一軒家で、板垣は焦げたように黒く陽にやけ、なかには外からの眺望を遮るように背高い雑草が庭全体を埋めつくしているものもあった。掲示板のチラシは剝がれかけ、干からびた側溝にはペットボトルなどのゴミが溜まっている。開かれた台所の窓から醬油のようなにおいがただよい、ヒグラシの鳴き声が呼吸するように夕方の田舎道を波立たせていた。三井はベンチに腰かけるとしばらく黙ってタバコをくゆらせていたが、隣にいた朝倉はこちらをふりむき、向かいの民家の板垣を指さしながらいきなり「右翼のポスター」と笑った。板垣にはやけに晴れがましい顔をした政治家のポスターが貼られてあった。「田舎あるあるだな」突然の言葉に反応しきれずに、三井がのどから笑い声をもらしただけでうまく返事をかえせないでいると、朝倉は楽しげに正面に向きなおって灰皿にタバコの灰を落とした。そのまま朝倉は無言でいた。さっき三井が漏らした笑い声も郵便配達のバイクにかき乱されてやがて消えてしまった。

情けない、三井は思った。こういう朝倉さんの言葉に、うまく気の利いたコメントを返せないからおれはダメなのだ。朝倉さんにつまらないやつだと思われたかもしれない。口下手で不器用なやつだと、平凡で話しがいのないやつだと。朝倉さんの隣にいると、そのひっそりした沈黙のなかにくだらない自意識や虚栄心がまぎれこんできて自分で自分のことが嫌になる。ミミさんなんかはどんな状況だろうがのべつまくなしに喋る。だけど朝倉さんはふたりのときはそこまで無理に話そうとしない。一度だけ中央線の車内で朝倉さんを見かけたことがある。辞書みたいに分厚い本を読んでいる朝倉さんに気がひけてそのまま素通りしてしまったのだけど、隣の車両のドア口に立って車窓を眺めていると、次の駅で電車から下りた朝倉さんが、読んでいた本をホームのゴミ箱に放りこむように捨てた。予想外の行動に思わず笑った。突然の不気味さを恐怖ではなくそのときは笑うことで処理した。あのときの話をしてみようか、三井は思う。しかし他人の秘密を覗き見してしまったようで具合が悪い。どうしようか。話すにしてももっとべつの話題がいいか。咳払いをし、くすぐったい沈黙を破ろうと三井がどうにか話題の糸口をさぐっていると、そのとき公民館の軒先からカラスがとびたった。西日のなかで、カラスの羽の付け根は緑がかった紫色に見えた。大きく羽をひるがえしながら夕焼け空を旋回していく黒い影を、ふたりはどうじに見た。

線路の方角から踏切の音が聞こえてきた。線路がきしみ、雑草がざっと風になめられ空気の色が暗く沈んでいくとともにヒグラシの声は透明になっていく。あれはいつのことだったか、三井は思う。夕方、西日の下でタバコを吸いながら、こんなふうに朝倉さんと一緒にカラスを見あげた一瞬が過去のどこかであったような気がする。燃料タンクや配管があったから理工キャンパスだろうか。だが朝倉さんは文学部だ。おかしい。だけど隣にいる人は間違いなく朝倉さんだ。「子供が多いな」朝倉さんはそう言っていた。「近所の小学校からの抜け道になってるのか」たしかに朝倉さんの声だ。あれはいつのことだったか、どこのことだったか、肩ごしにただよってきた沈黙の気配は誰のものだったか。

朝倉が灰皿に吸い殻を落とすと、三井も吸い殻を落とした。にしても妙にひっそりした村だ。習字帰りらしき子供がとおりすぎ、首輪をはめた茶トラの猫が器用に垣根の下をくぐりぬける。開いたサッシ窓からテレビの音が漏れてくる。突き当たりの民家の前では小学校低学年くらいの女の子がシャボン玉を吹いていた。透きとおった玉は風に吹かれ、ふらふら宙に舞いあがるとやがて風下にある公民館の前に落ちたが、駆けよってきた女の子がそれを拾い、土埃を払うみたいにふっと息を吹きかけてから口に放りこむと、飴玉を噛み砕くみたいにしてシャボン玉は女の子の口のなかに消えた。

「いま、あの子シャボン玉食べませんでした?」とっさに三井が言った。「食べた、な」

怪訝そうに朝倉も言った。

女の子が息を吸い、吐くと、シャボン玉は次々とストローの口からあふれた。地面に落ちたシャボン玉を、女の子は食べた。女の子が咀嚼するたびに、氷の薄膜を割るような涼しい音が風下から聞こえてきた。だが女の子の目的は食べることにあるのではないらしくあくまでくるくる宙を回転する球面上の彩りを眺めることにあるようで、ストイックに黙ってシャボン玉を吹きつづけ、とおりすがりの男の子がシャボン玉を空中でキャッチして勝手に食べたときも文句ひとつ言わなかった。なかには空中で弾けて消えてしまうものもあれば、アスファルトの熱にとけて着地してすぐ蒸発してしまうものもあった。トラックが突き当たりの角を曲がってきた。幅広のタイヤがシャボン玉の群れを踏みつぶすと気泡の上で踊ったようなシャリシャリした音が街道から立ちのぼった。やがて女の子は突然うんざりしたように、世界にはもっと楽しいことがあるのだというように側溝にかがみこむと容器のなかの石鹸水を捨ててそそくさと門柱の奥へ消えてしまった。朝倉も、三井もただ黙ってその光景を見つめていた。吹きよせられてくる甘いにおいも風にかきみだされてやがて消えてしまった。そのときようやくトイレに行ったミミとユカリが帰ってきた。ミミはどかりとベンチに腰を下ろし、煙草に火を点けては脱げかけたサンダルを爪先でふらつかせながら、

「いやいや、ごめんごめん」と言った。「習字の展覧会みたいのがロビーでやってたから

ずっとそれ見てた。小学生が学校で書いたやつ。みんな希望だとか夢だとか書いてるのに、ひとりだけでっかくグミって書いてる五年のサキモトくんだけめちゃくちゃかわいかった。将来有望だよね、ホントに。小一や小二ならともかく、小五でグミって書けるのはなかなかすごい」と感心したように話していたが、ふたりの様子がおかしいのに気づいたのか不審気に小首をかしげると「あれ、どうした？」と白い煙を吐きだした。「あたしだけがはしゃいでる感じ？」

　三井はしどろもどろにいま見た光景をふたりに説明した。ミミは三井の目をのぞきこみ、相槌を打ちながら真剣な顔でしばし三井の話を聞いていた。しかし三井の話が終わると妙にやさしい表情を浮かべながら「シャボン玉は石鹸で出来ているので、食べることはできません」とやんわり言った。疲れているのかユカリは眠たげにあくびを嚙み殺し、朝倉は黙ってふたりの押し問答を聞きながら、ときどき言葉を挟もうと口を開きかけたが、やがて諦めたのか、ミミからもう一本だけ煙草をもらい、目を覚ますように軒下にふわりと白い煙を吐きだすと「シャボン玉は石鹸で出来ているので、食べることはできません」と言ったので、どうしてと三井は思った。

3

老人ホームが手配してくれた宿は仙台駅前にある超高級の三つ星ホテルだった。地上十八階までそびえた石造りの外壁、窓はルネサンス様式らしき半円形のアーチで、設備としては美容院やエステサロンや披露宴用の大ホールまである。最上階には仙台の夜景を一望できる大浴場があって、さらにはホテルの得意先である施設長からの計らいで十六階にあるラウンジではいくらでも飲み食いしていいとのことだった。客室に荷物をおくと施設長の厚意に甘えてわたしたちはラウンジで一番高いシャンパンを頼んだ。ピザやテリーヌなどの軽食を食べ、チョコレートケーキや季節の果物を使ったパフェをたいらげ、コンビニで売ってるようなチャチなものではなくしっかり形を保ったプリンを腹におさめた。さらには客室はしっかり五人分とられていて、壁には額縁のほうが高そうな静物画が飾られ、窓ぎわではベルベットのカーテンが滑らかな光沢を放っている。あまりの待遇に三井は罪悪感さえ覚えながら大理石の浴室で歯を磨いた。せっかくの一人部屋だ。パジャマに着替え、クイーンサイズのベッドに寝そべると三井はまさぐるのもアリだなと思ったが、昨日もまさぐったし、室内着からただよう花束のような匂いがいかにも性欲を減退させて目をとじるとそのまま眠りにおちた。

三日目の朝は九時半にロビーに集合だった。エントランス前の車寄せに次々と外車がとまるなか早めに集合した三井は他のメンバーを待っていたが、どれだけ時間が経っても朝倉とミミだけがロビーに姿をあらわさない。じつはこれもまたドッキリで、しかもこれだけは事前の計画のさいになかなか決まらずにいたものだったが、案はもう出尽くし、ドリンクバーと席をひたすら往復し、ファミレスの片隅で無言の時間が続くなか、トイレから帰ってきたミミがやれやれといったようにようやく重い口を開いた。ほかの上級生たちの視線を集めると、ミミは手元のアイスコーヒーを一口飲んだ。そして仕方ないといったふうに、全員をぐるりと見まわしながらため息をつくと、

「これは、もうあたしと朝倉がセックスするしかないね」と言った。「困ったときってセックスだから。お笑いって」

チェックアウト間近になって三井たちがミミの部屋へ出迎えにいくと、髪の濡れたバスローブ姿のミミがドアから顔をのぞかせた。その背後のベッドには上半身裸の朝倉がいた。「え、ごめん、ちょっと待って」と慌てながらミミがパタンとドアを閉める。騒がしい音を室内から立てながらやがてとりつくろった笑みを浮かべた二人が出てくるが、朝倉の片手にはなぜかサッカーボールくらいの大きさのティッシュペーパーの塊が握られている。「ちょ、捨てといてっていったじゃん」とミミが怒る。微妙な空気のまま一行は車に

乗りこむが、そのあいだもミミはちらちらと朝倉に視線を送り、助手席の朝倉は甘ったるいジャズを流す。朝倉が流したのはアラン・パスクァの「トゥ・ラヴ・アゲイン」だった。八年後、ユカリは会社の同僚に連れていってもらったジャズバーでこのときの曲を聴くことになるのだが、どこかで聴いたことがあるような、初めて聴く曲ではないような気がするもののどこで聴いたのかはついに思いだせない。

ドッキリが終わってしまうと、今日はとくにやることがなかった。公演と公演の合間の日で、今日の宿にむかいつつ適当に観光なんかをしてすごす予定だ。国道沿いの和食レストランに入り、天丼やカツ煮定食など千円ちょっとの昼食をすませると車を西へと走らせる。きょうの宿は蔵王の山奥にあるホテルだ。国道はどんどん上り坂になっていくはずだが、どこから坂になったのかどこまで平地だったのかは車に乗っているだけではわからない。やがて民家はまばらになり、谷間の崖が両側からせりだしたところで、国道は一本の渓流と合流した。柵はなかった。ガードレールを乗りこえ、堤防の細い階段をくだっていけばすぐに水辺だった。

「下りようか」朝倉が言った。「ミミ先輩がおもしろい水の落ち方教えてくれるって」

国道沿いに車をとめ、わたしたちは一列になりながら渓流の岸辺にくだっていった。先頭にいたのはミミだった。堤防の底まで下りていくと、いきなり目の前から消えたような、その先にまだ段差があるような足どりで唐突に水に落ちた。朝倉もミミをたしなめるように岸辺に近づいた。そして背後をふりむき、三人を見あげると後ろ向きのまま倒れこむように水に落ちた。三井はシンプルにただ水中にひきずりこまれた。岸辺にあがろうとする朝倉をミミがまた背後からひきずりこむ。岩場に座って煙草に火を点けると、谷間にさしこんだ光に煙が白くたなびく。渓流は溺れるほどの深さはなかったが、向かいの崖まで行くと肩まで浸かった。水は透きとおっていて、冷たかった。額に滲む汗と、飛沫の区別もとうにつかなくなっていた。

いいな、ユカリは思う。楽しそう。みんな子供みたい。あたしもあんなふうに水にとびこんで思う存分にはしゃぎたい。だけど、いまはちょっと都合が悪い。今朝からちょうど生理になったところだ。鞄のなかには一応タンポンもあるけど、いまはしていない。どうしようか。膝下だけちゃぷちゃぷしてれば問題ないか。うずうずした気持ちを抑えながらしばらく迷ったものの、常識的にというか、杉崎をひとりにするのも悪いような思いもあって、今回のところは黙って階段に座っておくことにした。残念だけど、しかたない。この日陰から先輩たちを見守っているのも悪くない。それに、とユカリは思う。一年生が突然はしゃいで、場の空気をシラけさせてしまうのも怖い。

谷底から見える空は晴れている。雲ひとつない、これから来る夜空を予感させるような濃くて鮮やかな青だ。蝉の声は炭酸水を注ぎこんだみたい。崖の縁から太陽がのぞき、逆光のせいで黒く染まった鳥の大群が頭上をとおりすぎる。川の流れは穏やかだ。水辺に魚はいないようだけど、上流のほうではカワウが羽をひろげるようにして岩場で全身を乾かしている。水面を流れる木の葉がちゃぷりと底に沈む。ミミさんが川床の砂利をつかむと、その足元だけが灰色に濁る。ミミさんが三井さんに砂利を投げつけ、三井さんもそれに応戦し、ふたりで仲良くじゃれているうちに三井さんのお腹を蹴ってしまったミミさんがごめんごめんごめんと本気で謝る。

二段上には杉崎が座っている。まぶしげに目を細め、ザクロの実みたいな汗粒が鼻の下にぷつぷつ浮かんでいる。杉崎みたいな子もああやって水辺で遊びたいと思うのだろうか。思ってたらいい。ああやって砂利を投げつけたり窒息寸前まで息をとめたりしたいと。このまま無言でいるのもあれなので話しかけようと口を開くも、だけどとくに話題もないなと考えなおし、もたもたしてるうちに杉崎と目が合ってしまったのでとりあえず沈黙を埋めようと、

「謎かけ、すごいね」ととっさに言った。「スタッフじゃなくて演者やればいいのに」

こちらの顔をまっすぐのぞきこむものの、杉崎はしばらくなにも言わない。前髪の影が額に落ち、汗ばんだ頬の産毛がてらてら光る。どっかで見た顔をしてるな、ユカリは思う。ちっちゃいころ、杉崎によく似た友達と毎日のように遊んでいたような。杉崎は目をそらし、額の汗をぬぐって正面をむいた。そして抑揚のない声で「演者じゃなくて、スタッフだから褒められるだけだよ」と言った。

「そういうもん?」

「そういうもんだよ」杉崎は笑いながら言った。その顔が、柴犬にとても似ていた。そうだ、あたしが六歳のときに死んだ、柴犬のテリーとよく似てるのだ。「だって、あの人たち謎かけとかバカにしてるでしょ」

視線を宙にふらつかせながら、いま杉崎が言ったことについて考えてみたが、よくわからなかった。どうして謎かけをバカにするのか、バカにしてるのだとしたらどうしてわざわざ公演で披露するのか。そんなことを尋ねると、杉崎は右膝を両腕で抱えこみ、あっけらかんとした口調で、

「まあ、実際ただうまいこと言ってるだけだしね」と言った。「感心はするけどべつにおもしろくはないじゃん、謎かけって。へえ、って感じ。それ以上でもそれ以下でもない感じ。たぶんつまんないことやってる自分たちが楽しいんだよ。おもしろくないことを、おもしろくないと知っててわざとやるっていう、そういうノリなんじゃない?」

そう言うと杉崎はまた黙りこくり、水辺で遊んでいる上級生たちをぐるりと見回してから「たぶんね」と付けたした。ふたりのときは意外とよく喋るタイプなのかもな、ユカリは思った。口調は素っ気ないものの、低くてとおりのよい声をしている。まなざしはまっすぐ。口数が少ないだけで、どうやら人見知りというわけではないらしい。それからしばらくはまた無言だった。さっきとくらべて親しみやすい無言だった。ただ同じ方向を向い

ているというだけなのに、自分たちはいま同じことを考えてるだろうという小さな確信みたいなものがあった。しばらくすると、額の汗を拭いながら立ちあがった杉崎が、トイレ探してくる、そう言った。こんなとこにトイレなんかないよ、そのへんでしちゃいなよ。立ったままできないんだよ、子供のころから座ってするのに慣れちゃってるから。そのまま階段をのぼっていき、堤防沿いの道を歩いていくと杉崎の背中はやがて木陰に隠れて見えなくなった。ふと周囲を見まわすと、谷間はもう日陰だ。さっきまで明るい光に満ちていたのに、太陽もいまでは崖のむこうに顔を隠している。一体いつ日陰になったんだろう、ユカリは不思議に思う。ずっと目を開いていたはずなのに、杉崎と話していた時間はどこへ消えたのだろう。

渓流に目をやると、上級生たちは飽きもせずにまだ水浴びをしている。朝倉さんは岸辺でシャツを乾かし、ミミさんと三井さんは肩まで水に浸かって漫才をしながら下流へ流されていく。水音と、蟬の声と、三人の声以外にはなにも聞こえない。嘘だ。たったいまヘリコプターの音が上空から聞こえてきた。青空が谷間を埋めつくしているだけでヘリコプター本体の姿は見えない。蟬の声が高まるたびに脇汗がじわりと滲む。肩にかかった後ろ髪をすくと指のあいだに日差しの熱がこびりつく。そのときどろりとした経血が股を伝う。生温かい感触、ねっとりした疼き。下腹部に不快感がひろがるものの、しばらくするとそんな不快感にも慣れてしまう。

そんなとき唐突に中学生時代のことを思いだした。ふだんはナプキン派なのにその日だけはどうしてかタンポンを使っていたのだった。吹奏楽の部活帰りに、学校のトイレでタンポンをとりかえていると、疲れていたのか使用済みのタンポンを抜かないまま新しいタンポンを挿入してしまった。自分ではどうにも抜けなかった。指をさしこんでもどこに紐があるのかさえわからなかった。慌てて家に帰り、泣き顔で母親に頼みこむと母親は産婆さんみたいにあっけなく股のあいだからすぽんとタンポンを抜いてみせた。いま思うと笑い話だ。だけど当時は痛くて、恥ずかしかった。たしかいまみたいに真夏の暑い日だった。ティッシュに包まれたどす黒いタンポンが、窓から射しこむ陽に照らされて橙色に光った。

下流にいるふたりを見送ると、朝倉さんがようやく階段をあがってきた。片手には脱いだスニーカー。シャツの生地がお腹にくっつき、滝のような水の流れが乾いた堤防を真っ黒く濡らす。「付きあわなくていいからね」朝倉さんは言った。「やりたくてやってるだけだから」こんなとき、ミミさんならどう言うだろう。まんこから血がとまらないんです、とか。言ってみようか。あたしが言っても引かれるだけか。でも言おう。言ってみたい。勢いに身をまかせ、朝倉さんの顔を見あげながら一瞬口を開きかけたが、直前で口が、舌の筋肉が、その言葉を言うことを避けたような感じで、そのまま口元を笑顔の形にたわめると「大丈夫です」と言ってどうにかその場をやりすごした。杉崎の所在について尋ねるとこんなとこにトイレなんてないでしょと朝倉さんは笑う。そのまま階段を登っていき、トランクから自分のリュックサックをとりだすと車の陰でこそこそ着替えをはじめる。

臆病な人だ、ユカリはやつあたり気味に思う。乱暴に腕をひっぱって、そのまま水にひきずりこんでしまえばいいのに。三井さんにするみたいに。背中を突きとばしたり肩にのしかかったりして。だけどもし自分が朝倉さんの立場だったら、よく知りもしない後輩女子を無理矢理水にひきずりこむなんて真似、絶対しないだろうなとも思った。体育座りをして自分の二の腕をそっと包みこむと、手のひらはあたたかかった。肌にのこった日差しの熱が、産毛をふるわせながら手のひらにじんと染みこんできた。

ユカリがそのままひとりで堤防の段差に座っていると、やがて日が暮れかけたころにようやくミミと三井が渓流を上ってきた。ふたりとも頬が赤い。人でも殺したのか心底疲れきった顔をして、岸辺にあがるやいなや仰向けになってしばらくしんどそうに胸を上下させていた。ミミは身体をおこし、まだ立ちあがれずにいる三井の腹をひょいとまたぎこすと、それまで抱えこむようにしていた右手をそっとユカリへさしだした。手を開いていくと、小さな蟹が乗っていた。ミミはユカリに笑いかけ、そして有無を言わさないような、これはもう決まったことなのでどうしようもありませんという口調で、

「飼おう」と言った。「名前は蟹なので、カニ」

小道具箱を漁り、底のほうに眠っていた虫カゴに砂利や水を入れてカニの住処を作って

やると、杉崎が言うに全然近くにあったという登山口の公衆トイレで着替えをすませてからわたしたちは車を走らせた。渓流で遊びすぎたおかげで日はとっくに暮れていた。カーブが多いせいで山道は見通しが悪く、街灯もどんどん少なくなり、さらに道を間違えてしまったのか車はやがて舗装されていない真っ暗な山道に入りこんでしまった。狭い道をひきかえすため車を誘導する役目はミミが買って出た。車のライトがなければ一メートル先も見えないような暗闇だ。だがふざけたりすることもなくいつになく慎重な様子でミミが運転席の三井に合図を送っていると、なにやら頭上の枝付近で影らしきものが揺れているのに気づいた。赤いランドセルだった。顔が青ざめ、ぞっとしながらミミは急いで車に乗りこもうとしたが、いつもの仕返しのためか三井によって思いきりアクセルが踏まれると車はミミをひとりとりのこしたまま猛スピードで山道を走りだしていった。全速力で車を追いかけ、ぶちころすぞと叫び、百メートル程先でとまった車に息も絶えだえ追いつくとミミは転がりこむように車内に乗りこんだ。いま見たものを必死に説明するものの、だれも信じようとしない。結局ミミの説得におされ、その場に車をとめると幽霊話を茶化しながらさっきのところまでわたしたちは山道を歩いていった。問題の木の枝を見あげると、たしかにランドセルはそこにあった。しかも二個に増えていた。全速力で車にもどってわたしたちは大至急その場から離れた。全員が全員ドッキリを疑っていた。ドッキリは一日一個のはずなので、いまのがドッキリだとすると今朝ホテルで目撃した濡れ場はドッキリじゃないことになるな、とユカリは頭を悩ませてさえいた。舗装されている道路へもどり、カーブの激しい坂道をくだっていくと道脇の茂みにさっきは見逃したホテルの案内板があった。ようやくチェックインをすませると全員がほっと胸を撫でおろした。車の揺れが激しかったのでカニもおどろいていた。

ホテルは周囲を森にかこまれた崖の上にあって、標高が高いから厚着でもいいかもしれないという予想に反して半袖でもすごせる程度の涼しさだった。外壁のペンキは新しいものの内装の畳やカーテンは茶褐色にやけている。客はわたしたち以外に数人しかいないようで、ロビー脇のゲームコーナーには十年以上前のレースゲームの筐体がひっそりとおかれていた。和室に荷物をおき、一階にあった食堂で簡単な夕食をすませるとわたしたちは部屋飲みの集合時間を決めて客室にもどった。ホテルには大浴場とコインランドリーもあった。ミミはテーブルの茶菓子を即座に平らげ、一本だけタバコを吸うとコインランドリーで洗うため濡れたシャツや汚れた下着をビニール袋に放りこんでいった。

さっきのはマジでビビった、ミミは思う。あんなところに、真っ暗な山道に赤いランドセルがゆらゆら揺れていたら誰だってビビるに決まっている。妙なことがおこる旅だ。朝倉と三井が企んでドッキリでもしかけてるんじゃないかと思うくらい。いまはドッキリをかける側に回ってるけど、一年のときにあたし自身がかけられたドッキリは三年の先輩たちが二年の演者に過剰なイジリをしたあげくその先輩が本気でぶちぎれてくるというもので、メガネをへしおったり鞄を沼に放りなげたりと、こんなつまんない、イジメとイジりを勘違いしているサークルなんか合宿が終わったらすぐに辞めてやるなんて思ってたものだけど、メガネも鞄も百円ショップで買ったものだったし最後のネタバラシのときには安心して本気で泣きそうになった。懐かしい、ミミは思う。あれから、もう二年も経つのだ。あたしにとって三井はちょっと可愛すぎて、その可愛さのあまり必要以上にからかったり子犬がじゃれあうみたいにいつまでもダル絡みしてしまう癖があるのだけど三井に嫌われてしまったらそれもおしまいだ。いつ仕返しされるかわからない。気をつけていこう。ごろんと畳に寝転んで、部屋の隅におかれた虫カゴをのぞきこむと、カニはさっきあげた食べ残しのブリの切れ端を器用に食べている。かわいい。このまま家にもちかえっていつまでも飼いたいと思う。蟹は死んでいると気持ち悪いのに、生きているとかわいらしい。人間以外の動物を見てると元気が出てくるのはどうしてだろう。弥太郎と喜太郎は、いまごろ何をしてるだろうか。

カニから目を外し、ようやくカゴの前から立ちあがるとテレビを観ているユカリに声をかけた。「温泉行こっか」と言うものの、ユカリの返事はいまいち要領をえない。ああなるほどとすぐにぴんときて「大丈夫でしょ」と明るく言う。「あたしたち以外に客もいないっぽいし」「大丈夫ですかね?」「大丈夫だって。タンポン使わない派?」「普段は使わないですけど旅行のときだけ」「じゃ、ゴーで」そんなことを話しながらわちゃわちゃ脱衣所へむかい、くるんと服を脱いでは押しあいへしあいするように大浴場のガラス戸を開けると案の定客は自分たち以外にだれひとりいない。とっととかけ湯だけして露天風呂へむかうと肌を包みこむひんやりした冷気。湯舟から立ちのぼる白い湯気が視界を霞みたいにおおっていた。「なんか今日ずっと水に入ってますね」「たしかに。でもあたし水より火のほうが好き」「火？」「水より火のほうがおもしろいじゃん」「火っておもしろいんですか？」ユカリとそんな話を交わしながら頭上を見あげてみるも、コンタクトを外しているせいで星空はただのぼんやりとした紺色にしか見えない。いやはや山奥の星もたかがその程度か、一等星を名乗るくらいだったらあたしの視力の悪さくらい簡単にぶちやぶってみせんかいなどとこっそり夜空に喧嘩を売っていると、ユカリは湯船のへりに腰かけたまま膝上にお湯をかけ、とくに他意はないようななにげない口調で、

「ミミさんって朝倉さんのことどう思ってるんですか」

と突然聞いてきた。

これはどっちだろう、ミミは戸惑いながら思う。朝のドッキリをふまえてカマをかけてきてるのか、それともドッキリとは関係なく前から気になってることを質問してるだけなのか。前者だったら、まだネタバラシをしてないから本当にセックスしたふうに振るまわなければならない。だけど後者だったら マジに誤解されるのも困るので、一瞬のあいだにごちゃごちゃとあれこれを考えた結果、視線を泳がせながら「いやー、どうだろ」という

一番中途半端な返事でお茶を濁してしまった。またこれか、ミミはうんざりする。たしかに朝倉とはふだんから仲がいい。話もあうしこっちがどれだけくだらないことを言っても笑ってくれるし、あたしのネタも褒めてくれるしサークルに朝倉がいてくれてよかったとさえ思うけれども、だからといってどうしてそれが恋愛というものに繋がるのかよくわからない。あたしたちがサークル内でひそひそ噂されてるのをあたしは知っている。付きあってるとかセフレだとか。バカが、ミミは思う。中学生じゃあるまいし。男女コンビが出てくるたびに、「ふたり付きあってんの?」とイジってばかりいる地下ライブの最悪MCとおんなじじゃないか。一回だけ男女コンビで外のライブに出たことがある。その質問をされたときに「いやぁもう手コキだけっすよ」と返したらバカみたいにスベった。ふざけんな。なんであたしがスベんなきゃいけないんだ。とにかくいまはユカリの誤解をとかなければならないと思って「朝倉もあたしのことなんとも思ってないし」と返すと「でもそれはわからないじゃないですか」とユカリが反論する。一体、あたしはなんの話をしてるんだろうと思う。そもそも男女間に友情が成立するかどうかという問い自体が古典的すぎやしないか? 漫才でやるにしてもあまりに使い古された題材だ。

やっぱりこういう話題は好きじゃないな、ミミは思う。ちょっとだけノリが違うというか興味がもてないというか、セックスのとき穴を間違えたとか長年の研究の結果ようやくパチンコの必勝法を見つけたとかいう話のほうがあたしには楽しくて笑える。あたしは恋愛のアンチなのだ。他の人とするぶんにはいいけどあたしの前でそういう話はしないでほしい。ちゃぷちゃぷお湯を混ぜかえしながらしばらくうんざりとユカリの話をあしらっていると、微妙な雰囲気を察したのか、ユカリはすっと身をひき、遠慮気味な気配をただよわせながらあっけなく口を噤んでしまった。一瞬の沈黙。ボイラーの低い振動、竹筒からそそがれる水音。そんなユカリはちゃぷりと太ももにお湯をかけ、白い首をそらすようにして夜空を見あげた。湯舟のへりに座ったぼんやりとした肌色の影は、どこまでユカリの身体でどこから温泉の蒸気なのかよくわからなかった。

ダメだな、ミミは思う。こんなふうに一方的で、相手に反論を許さないような態度をとるから、あたしはダメなのだ。自分が高圧的な人間だということをあたしは知っている。あたしから出る雰囲気や、つまらない発言は禁止ですと言わんばかりのオーラが一部の後輩たちを怖がらせているのをあたしは知っている。ユカリのことは嫌いじゃない。むしろ好きだ。明るくていい子だし、どう考えても変なところがあるのに自分をどこにでもいる普通人間と思ってるところも楽しくておかしい。だから、ユカリが好きなことにも、もっと苦手意識がなくなるといい。べつに興味はもてなくても、まっすぐ目を見て相槌を打てるくらいのやさしさはもっていたい。あたしは世界でいちばんおもしろくてやさしい先輩になりたい。少なくともその後輩のなかでは、世界でいちばんおもしろくてやさしい先輩に。

湯船に肩まで沈め、沈黙をたゆたうようにしてユカリへの言葉をさがしていると、女湯と男湯の仕切りのむこうから男連中の話し声が聞こえてきた。三井と杉崎だ。どうやら男湯も他に入浴客はいないらしい。「しゃあないいね」ミミはため息をつく。「こういうベタなことはやりたくなくてもやらなきゃいけないんだから」内風呂に行き、ふたつの風呂桶に冷水をたっぷりくんでから男湯との仕切りの前に椅子を置く。椅子の上に立ち、笑い声をひそめながらしっかり狙いをさだめると三井の声がする方向へむかって爆撃でもするかのように思いきり冷水をぶっかけた。一杯目で、三井の悲鳴。二杯目で杉崎が内風呂に逃げる足音。三杯目でも冷水をかけると思いきや、すかさず湯船からくんだお湯を男風呂にぶっかけると「つめっ、いや、は？」という戸惑いの声のあとに足を滑らせたのか「いってぇ」という悲しげな声が響きわたった。ユカリと一緒にひっくりかえって笑う。笑いすぎて湯船の角に頭をぶつける。楽しい楽しい。ずっとこんなことして生きていきたい。

4

やれやれ、脱衣所でバスタオルに顔を埋めながら三井は思った。おれは、またこんな役回りか。

背後の洗面台からは杉崎のドライヤーの音。姿見に背中をうつし、腰をひねりながら自分の尻をのぞきこむと痣はないものの床にうちつけた箇所がずきずきと痛む。どうやら、三井は思う。おれはこのサークルのなかでイジられキャラという役目を担っているらしい。べつに望んでそうなったわけじゃない。温厚そうな顔と、生まれつき小太りな体型がみんなの嗜虐心を掻きたてるのだろう。ミミさんはズルい。ギリギリのラインで人に嫌がらせをするのに、こちらが苛立つ寸前、これ以上やったら行きすぎだという直前でひょいと身をひく。なんというか、人との距離感の取り方が抜群にうまいのだ。おれの姿を見てみんなも笑ってるし、ミミさん自身が逆の立場にまわることもあるからこちらも後腐れなく許してしまう。それに、と三井は思う。ミミさんが女だからというのも重要なポイントだ。ミミさんがあんな好き放題ふるまって陰で悪口を叩かれないのも、ミミさんが女だからだ。だからミミさんはズルい。男の先輩が同じことをやってたらマッチョすぎて笑えないだろう。そしてミミさんはそのことに無意識的に気づいている。ああやってキリタニさんみたいな人の悪口を言いながらも、自分が女であるという、その見え方をきちんと計算したうえでおれに冷水をぶっかけたり、熱い火箸をおれの顔の近くにちかづけて子供みたいに笑ったりする。

さっきコインランドリーに入れたパンツはまだ乾いてないので地肌にそのまま短パンを穿く。肩ごしに杉崎に声をかけるも、ドライヤーの音で聞こえないのかあちらからの返事はない。だけど、三井は思う。慣れてしまえばイジられキャラも悪くない。おれには朝倉さんみたいなネタを書く才能もなければ、ミミさんみたいな瞬発力やバイタリティもない。だから人から笑いをとるなら道化を演じるしかないのだが、だれかから好き勝手イジられてるとき、イジられている不甲斐ない自分をどこかから俯瞰してながめている自分もいる。笑われている自分と、笑っている自分。なんだこの情けないやつは、アホみたいな顔をして、人からおもちゃにされてばかりいないでもっと主体的に振るまってみせたらどうなんだ？　そうやって小馬鹿にしながら自分を眺めていると笑いがこみあげてしかたないが、だけどおれはイジられてるばかりじゃない。みんながおれをイジりたくなるようにわざと滑稽にふるまっているんだ。みんなもっとおれをイジれ、おれをもっとおもしろくしてみろ。だけどいかにも道化めいた物欲しそうな顔をしていると、その自意識を見透かされるのか飲み会の端っこでぽつんと放っておかれることになる。イジられることにも技術がいるのだ。それに自分が情けない人間だということは自分がいちばんよくわかっている。そこにずけずけ踏みこまれると、情けない性格も、どうしようもない不器用さもぐるりと反転したような気がしてうれしい。

だから一ヵ月前のバイト帰りの夜道、芸人になろうという考えが突然脈絡もなにもなく降ってわいたのももしかしたら自然なことなのかもしれない。べつに自分の将来のことを考えていたわけでも、芸人という職業について考えていたわけでもない。自分の靴ひもがほどけていることに気づいて、公園の前で腰をかがめて結びなおそうとしたとき、ふと自分の欲望に気づいた。しかしいまだに信じられない。よりにもよっておれが芸人に？　そこらへんの子犬のほうがまだ笑いがとれるというのに？　ミミさんはああ見えてそれなりにしっかり就活はやるらしいし、朝倉さんは賞レースというものがあまり好きではない。きっとふたりとも芸人にはならないだろう。言ったところでたかが大学のお笑いサークルだ。環境としては甘いし、本気でプロを目指すなら養成所に入ったり外部のライブに出たりするべきだろう。おれはこんなお遊び半分の場でぬるま湯に浸かっててていいのか。サークル員たちの都合のいいおもちゃとして大学の四年間を終えていいのか。

靴下を履き、竹籠を棚にもどすと着替え袋の巾着を小脇にかかえる。杉崎と言葉少なに会話を交わしながら男部屋にもどると、朝倉は畳んだ座布団を枕がわりにぼんやりテレビのクイズ番組を眺めていた。意外と潔癖な人なのかもしれない、三井は思う。昨日も内風呂ですませたようだし、たぶん今日もみんなが寝静まったころにひとりで風呂に入るのだろう。窓の外はもう真っ暗だ。テレビ番組に文句を言いながら三人でしばらくだらだらしていると、十時すぎになってようやく風呂からあがったミミとユカリが男部屋にやってきた。備えつけの冷蔵庫からビニール袋をとりだし、麓のコンビニで買ったアルコール類をテーブルにひろげる。灰皿と梅酒のボトルとカニの虫カゴが隣どうしに並ぶ。朝倉はハイネケンをとり、杉崎はウーロン茶を手にとる。乾杯の音頭をとる前に、ミミはもう缶ビールのプルタブを開けているので誰も気づかないままぬるりと部屋飲みは始まっている。

あたしたち女だから風呂長くてごめんねー。女て。なんでそんな長いの？　べつに湯船に入ってる時間はそんなに長くないよ、ドライヤーとあとまあ一応化粧とか。ミミさんも化粧するんですね。するっつうの、顔にファンデのタトゥー入れたほうが早いくらいするっつうの。入れればいいじゃん、タトゥー。たしかに、ユカリが入れてくれたらあたしも入れる。あたしですか？　腰元にしなやかな黒猫の柄とか。キャバじゃん。しなやかって形容詞、猫以外に使わなくない？　使うだろダンサーとかに。あ、そうか。あたしスミノフもらってもいいですか。三井、いきなり自分の性癖吐露しなよ。なんでですか。そしたらあたしがどこが興奮するんですかって聞くから、それに答えて。笑点すんなよ。

ペットボトルのコーラを一口飲みながら、不思議なもんだと三井は思う。さっきふと湧いたミミさんへの疲れや不信感、苛立ちというほどではないものの三日間も一緒にいたことからくる倦怠感や気怠さというものも、こうして目の前でミミさんと向きあっているうちに不思議と宙にほどけていくような感じがする。いつもこうだ。どれだけおもちゃにされようが神社の絵馬にクレジットカードの暗証番号を書かれようが、ミミさんを前にすると苛立っていた自分というものがどこかへ消えてしまう。結局は、目の前にいる人のことを心底嫌ったり憎んだりするのはむずかしいということかもしれない。相手の表情や声色を読みとくのに必死で、自分の感情など二の次になってしまう。やはり、この居心地のよい空間からは離れがたい。おれはその程度の人間だ。そもそもまだ大学二年生じゃないか。卒業までまだまだ時間はあるし、芸人になるかどうかなんてこれからゆっくり考えればいいことじゃないか。そう思うと三井はミミの話に耳を澄ました。ミミはとある大物俳優のゴシップを話していた。どう考えても倫理的にあり得ない悪趣味で無茶苦茶なゴシップを真剣に語ろうとするミミの口調に三井は背中をのけぞらせるように笑った。そのときリモコンを手にとった朝倉がテレビのチャンネルを変えた。ちょうどミミの話も一段落したところだったのでとくに理由もなくなんとなく全員の意識がテレビにむかった。

テレビには視聴者からのエピソードをもとにした再現VTRが流れている。いかにも性格の悪そうなパワハラ上司が夜の街を風俗嬢と歩いているところを部下に目撃され、不倫の証拠をばらまかれた挙句に社内で居場所をなくしていくというあらすじらしい。日曜日のテレビつまんないなー、ミミが言う。こういう番組マジで無理だわ、こういうのを見てスタジオで皆が笑ってるこの空気が無理というか、なんかインターネットのつまんないところ全部集めたような気しない?

スミノフを片手に、部屋の壁にもたれかかりながらユカリは内心ぎくりとする。たしか、実家の父親が毎週かかさず観ている番組だ。自分自身はリビングをとおりかかったときにちら見するくらいでべつにおもしろいともおもしろくないとも思ってなかったけど、そうなると父親と自分の鈍感さまでもが批判されたような気がしてひやひやする。こういうのを観て社会人は明日仕事頑張ろうとか思うんだよ、朝倉さんが言う。マジで？　社会怖すぎない？　ミミさんも言う。ふたりとも会話が通じあっているようだ。こういうのに苛立つ繊細さや、感情の機微みたいなのがあたしにはないのだろうか。これだから、あたしはダメなのだ。鈍感というか不感症というか。さっきだって好奇心に負けてミミさんに朝倉さんについてうだうだ訊いてしまった。あれは失敗だった。あちらはなんとか笑って話をあわせてくれているように見えたけどあんな話をミミさんがおもしろがるわけがないのだ。とにかくいまはふたりの会話に合わせとくことにしよう。たしかにこの番組ちょっとキツいですよね、あたしもおんなじこと考えてましたというポーズ。もちろん大袈裟になりすぎてはいけない。もし話をふられたら自分の鈍感さがバレてしまうから。どうやら三井さんも同意見らしい。ドリンクの成分表を眺めたりなんかして、バカみたいだ。こんな役にも立たない処世術ばかり覚えてなにになるというのだろう。そんなふうに畳の目をなぞり、卓上の缶の位置を無意味にうごかし、居心地の悪い時間をやりすごそうとするユカリの姿を、三井はしっかり目の端にとらえていた。あまり自分を苛めないほうがいい、三井は思う。劣等感というのは、行きすぎると中毒になる。怒りや腹立ちだったり、自分をバカにするような憎しみを側においとかないと、胸が空っぽになって、自分がどこにいるのかわからなくなる。

そもそも、お笑いサークルのノリなんて独特なもんだ。世界のなかの、日本という国の、お笑いという文化のさらにそのなかの大学お笑いという狭い環境。べつにユカリが鈍感なわけでも、頭が悪いわけでもない。ただそれぞれ独自のノリがあって、それが染みついているか染みついていないかという違いをおもしろいといった言葉でざっくばらんに区別しているだけのことだ。おれも去年の春に栃木から出てきたときはだいぶ落ちこんだものだ。新歓コンパで方言が出ないように必死になったり聞いたことすらないバンドを知ったかぶったりもした。べつに方言丸出しだってかまわない。ちょっとニッチだけど一部の若者のあいだで話題のバンドなんか知らなくてもいい。ただ、そういうやつらを田舎者だとか野暮ったいだとか笑う人間はどこにでもいて、そんなやつらの顔面に軽く唾をひっかけてやるための手段としてお笑いがあるというだけだ。だからこのサークルでそうした武器をちょっとでも身につければいい。健全に生きる手段としてお笑いというのはそれなりに役立ってくれることだろう。まあミミさんみたいにならなくてもいいが。あの人は家が火事で全焼したとしてもあっちーとか言ってへらへら笑ってるんだろうから。

タバコの煙がこもってきたので朝倉が立ちあがって窓を開けた。冷たい森の空気、茂みにひろがる奥行きのない暗闇。地面には蛍光灯の光が落ちている。うっすらした網戸の影に朝倉の濃い影が重なる。室内からはミミの楽しげな笑い声。あちこちに話題をふっては飲み会の会話を循環させながらさっきからミミはちらちらと杉崎に視線をむけていた。杉崎はずっと無言だった。襖によりかかりながらスマホに目を落とし、文章でも打っているのか小気味よく液晶を叩いていた。

こういう子はむずかしい、ミミは思う。話しかければ答えてくれるし、あたしたちの横でこっそり笑い声をもらしてることもあるから楽しんでないわけじゃないんだろうけど掴みどころがないというか、例えばみんなが夕食のメニューや行きたい観光地について話しているというのにひとりだけ、あ、ぼくはいまスマホの画面を無意味にスクロールさせるのに忙しいんで、そっちで勝手に決めちゃってくださいといったやけに消極的な雰囲気がある。はっきり言ってあたしは人といるときにスマホをいじるやつが嫌いだ。誰かといるときくらい目の前にいる他人に集中しろよと思う。だけど注意なんかしたら空気も悪くなるし、こんな赤の他人と何日間も一緒にいたら疲れるよねといった気持ちもあるから結局は放っておいてるけど、ときどき杉崎の顔色を窺って反応を確かめるのは疲れるし正直言って心の底から旅行を楽しめてる感じもしない。もちろんあたしもあたしで悪い。さっきも温泉で杉崎を巻きこんでしまったのは失敗だった。あれはちょっとやりすぎたかもしれない。三井はいい。焼こうが煮ようが殺そうがなにしたって構わないけど杉崎は演者じゃなくてスタッフなのだ。ほかの演者のやつらとはちょっとだけ距離感が違う。

テレビはいまニュース番組だった。鳩小屋の前にたたずむ作業着姿の男性。どうやら伝書鳩の調教師に密着したドキュメンタリー映像らしい。飲み会の場がしずまり一瞬だけ会話が停滞したのをミミは敏感に察知して、朝の歌舞伎町とか歩いてるとさ、ときどき鳩が道端のゲボ食ってるときあんじゃん、あたし動物好きだけど、ああいうの見てるとあたしたち絶対わかりあえない者同士なんだなって悲しくなるとただの思いつきで話してみると、意外や意外、その突拍子のなさもあって期待していた以上の笑いにその場は包まれた。よしよし、ミミは内心ガッツポーズをする。用意してたのよりこうやって思いつきで言ったことのほうがウケるものだ。杉崎もニヤニヤ笑っている。幸先のいい流れのままに会話にひきこもうと、動物好き？　と杉崎に質問するとまあまあですと気乗りのしない返事。家で飼ってたことないの？　とさらに質問を重ねていくと数秒ほど蛍光灯を見あげて考えこんでからようやくそういえば中二まで親がヤマアラシ飼ってましたと答える。いやヤマアラシ飼ってたのかよ、ミミは思う。ヤマアラシ飼ってたんなら動物の話になった時点で食いいるように言わんかいとブチギレそうにもなるが、杉崎を会話に引きこめたのはうれしいしこうした自分の手腕に酔わずにもいられない。こういうときの楽しさはほかと代えがたいものだ。人のエピソードを引きだせた達成感、飲み会の場をコントロールしている全能感。人のおもしろさを掘りさげていくことがあたしの役目、どれだけ平凡そうな人間でもおもしろいエピソードのひとつやふたつはもってるものだ。それに、飲み会の場でひとりぽつんとしてるのはかわいそうだから、そんなふうに押しつけがましい考えに浸ってしまうこともあるが、いやいや、本当か？　とミミは自分に疑問を投げかけることも忘れない。暴力、という言葉がふと頭をよぎる。暴力？　自分の考えにミミは驚く。いやいや大袈裟だ。みんなで楽しく笑って飲み会をすることに暴力なんてあってたまるか。そう思って部屋にいる四人をぐるりと見回すと、思ったとおり飲み会はいまヤマアラシの話を中心に回っている。全然懐かないこと、飼うときには全身の針を抜かなくてはならないこと。それらの話に相槌をうち、感心し、突拍子もない朝倉のコメントに笑いころげながら、たぶん、とミミは内省するように思う。たぶんあたしは小心者なのだ。沈黙や暗闇が怖い。ひとりで夜をすごすのが怖い。誰かが不機嫌そうに目の前で押し黙っているのも怖いから、のべつまくなしに喋りたおしてその場を自分の声色で満たそうとする。ひとりの夜はずっとテレビを点けっぱなし。十月になっても扇風機の音がないとよく眠れない。この合宿が終わったあとのこと、窓の外の暗がりを吹きとばしてしまうような笑い声や隣のベッドで眠るユカリの体温がない夜のことを考えるといまから気が重くてしかたない。このままずっと旅が続けばいいのに、みんなをバラバラにしてしまう朝なんか永久に来なければいいのになんて感傷的な思いが一瞬だけ頭をよぎるが、なんというか、そういったアホらしい、素面だったらこめかみにピストルを突きつけられても言えないような言葉を、酔っているとはいえ迂闊にも思い浮かべてしまった自分にびっくりして、自分自身に嫌気がさすような感じで、なんだかとてもとても、冷めてしまった。一体あたしは何をしているのか、ミミは我に返るように思う。そもそもあたしは芸人になる気はない。なるのもアリかなと思ったこともあるけど、やっぱりない。あたしは早めに子供が欲しい。休日近所のアスレチックに行って、五人の子供が見ている前で唐突に水に落ちて大爆笑をかっさらうことがあたしの夢だ。だったらゼミの先輩から話を聞いたりとかインターンの申し込みをしたりとか就活の準備のためにやるべきことはたくさんあるのに、あたしときたらこんな人里離れたホテルで四個下の弟がオンラインゲームでネカマをやってるらしいだとかぐだぐだ役に立たない話ばかりしている。こんなことをしててあたしはいいのか。やばい。なんだか急に焦ってきた。朝倉は卒業後どうするのだろうか。朝倉は頭がいいから院とか行ったりするのだろうか。三井の話を聞きながらロを噤み、突然湧きあがってきた将来への不安にミミがそわそわしていると、そのとき突然ユカリが三井の背中を蹴った。全員が驚きの顔でユカリを見た。ユカリの顔は真っ赤だった。ユカリは三井の背中を三回ほど蹴り、そのまま仰向けになると呻くように泣きだし、そして惰性のまま、さっき蹴った反動なんで仕方ありませんといったふうに、もう二回ほど三井の背中を蹴った。

一体なんなんだこいつらは、三井はげんなりと思う。いくら夜も深くなってきたからといって、酔った女の後輩から突然暴力をふるわれるなんていくらなんでもナメられすぎじゃないか？　酒が飲めないとこういうときに損だ。明日こいつらは忘れるだろうが、おれはいつまでも覚えている。無礼講だなんて言葉は酒が飲めるやつが発明したにちがいない。そうぶつくさ思いながらも立ちあがり、廊下の冷蔵庫からペットボトルの水をもってまたもどってくるとユカリはミミに介抱されながら三井の布団にぐったり横になっていた。だいじょうぶなんで。ほんとにあたしぜんぜんよってないんで。うちのかぞくぜんいんおさけつよいんで。酔ってないって言うほど酔ってるように見えるもんだよな、他人事のような朝倉の言葉がいつまでもぽつんとその場にただよう。それからユカリは不明瞭なひとりごとをもらし、ゆっくり目をとじていくとペットボトルを頬に寄せたまま眠りにおちてしまった。ユカリが眠ってしまうと、残りの四人はしばらく無言でいた。妙な倦怠感が部屋にはただよいはじめた。番組がCMに切りかわる一瞬だけ部屋は無音になり、高速道路を車で走るタレントの整った顔立ちを、その場にいる全員が一斉に見た。

そろそろ場もだれてきたようだ、三井は思う。おもしろくもない菓子パンのCMをじっと眺めたり、灰皿や焼酎のボトルの位置を意味もなく微調整する時間にさしかかってきた。もうとっくに日付もこえている。明日は公演もあるし、そろそろお開きの時間にするべきだ。だけどここは男部屋だ。ミミさんがユカリをひきつれて女部屋にもどってくれなければおちおち眠ることもできない。明日の公演どうします？　決死の覚悟で三井が話を切りだすとどうしよっかぁと消えいるようなミミからの返事。しばしの沈黙。灰の落ちたテーブルをつうっとミミが人差し指でぬぐう。どうやらミミさんに飲み会を終わらせる気はないようだ。だれかうまいこと飲み会を締めてくれないだろうか、三井は心底願う。ミミさんでも朝倉さんでもいい。じゃ、そろそろ寝ましょうかと杉崎が急に立ちあがって場を仕切るなんて奇跡が起きてもいい。おれにはその勇気がない。いつ終わるかもわからないこの時間を、よどんではいるものの引きはなしがたいこの時間を粉々に破壊してしまう恐ろしさがおれの口を重くして、決定的なその言葉を口にすることができない。こんなときは時計の針を眺めることにしよう。秒針のうごきはじれったく鈍臭い。しかしこのじれったさこそがおれの身体に負荷をかけまだ見ぬ明日のために精神を鍛えてくれるだろうからなどと思いつつ三井が堂々巡りな時間をさらに停滞させてしまっていると、すげないな、ミミは思う。さっき三井に輪ゴムをとばしても反応ひとつなかった。三井ももう疲れている。あたしは三井に頼りすぎだ。このままだといつか愛想を尽かされるかもしれない。そもそもいくら仲の良い友達だろうが何日も旅行をしてたら倦怠期みたいな瞬間がいつかはおとずれるもんだ。誰かがああ言えばこう言う、こう言えばああ言う。決まりきったやりとり、ちょろちょろ滴る残尿みたいな会話には新鮮味も目新しさもありはしない。でもやっぱりダメだ、ミミは思う。言えない。じゃあ眠ろっかとは。明日も早いしね、なんて一言は。みんなもう眠そうだ。先輩として締めの合図をしたほうがいいのだけど天井をただよう副流煙の層があたしの身体にふりつもってさっきから腰が重いのだ。どうしようか。あたしが締めたほうがいいのか。てか就活はどうしよう。とりあえず合宿が終わったらオータムインターンのESでも書き殴ることにするか。そんなことを思いつつも、座布団に横になったまま来週あるらしい特番の事前番組を眺めていると突然、画面は真っ暗になった。放送終了だ。しんとした無音のさざめきが押しよせ、真っ黒になった液晶には年老いたようにまぶたを腫らした自分たちの顔が反射していた。もうみんな眠ってしまったのかもしれない。このまま朝が来ないまま、いつまでもこの部屋で真っ暗な画面を見続けているのかもしれない。そんな恐ろしい錯覚が頭をよぎり、さっきまでの眠気を吹きとばすような深い沈黙を埋めようとそれぞれが咳払いでもしようとしたとき、朝倉が口を開いた。みんなが一斉に朝倉のほうを見た。朝倉は咳払いをし、痰を切っていつもの低い透きとおった声をとりもどすとようやく話しだした。

おれって今年五歳になる姪がいんのね。姉の娘なんだけど。ずっと絵ばっか描いてるような女の子で、この前姉の家に遊びにいったときに、好きなものなに？　ってその子に訊いたら、せかい、って言われた。

すげえ、とミミが言う。その返事の早さにただ反応しただけのように三井が笑う。朝倉は目を畳に落とし、ひとりごとのように声を潜めると、だけど、せかい、は好きだけど、せかい、は嫌いなんだって、とまた話を続ける。意味わかんないじゃん。どういうことって訊いたら、その子スケッチブックに書かれたせかいって文字を見せてきてさ。せかいは大きいのに、せかいは小さいとか言ってきて。たぶん、せかいは大きいのにせかいって言葉は小さいってことだと思うんだけど。子供って本当にこんなこと言ってくんだなって感心してさ。でもまあ、いま自分もせかいって言ったじゃんって言ったら、そしたらその子じっと黙りこくっちゃって。部屋の端に置かれたおもちゃ箱まで駆けだして万華鏡をくるくる見だしたのね。おれ、それを三十秒くらい黙って見てたんだけど。そしたらその子また万華鏡をおもちゃ箱にもどして、またスケッチブックめくりはじめて。いや、万華鏡なんだったんだよって思って。どうやら万華鏡は全然関係なかったらしいんだけど。

ミミがくすりと笑い、三井があくびを嚙み殺しながら小さく相槌を打つ。杉崎は所在なげに靴下のゴムを指先でのばし、ユカリはさっきからぴくともしないまま枕に半分だけ顔を埋めている。開いた窓から冷たい夜風が吹いてくる。杉崎が肌寒そうに両腕をさする。朝倉は中身の残っていない缶チューハイに口をつけ、それからあぐらの姿勢を崩すように両腕で右足をかかえこむと、

そしたら、その子、クレヨンで描いた絵をおれに見せてきてさ。植木鉢とか熊とか、新幹線とか本とかマンホールの蓋とかがぐちゃぐちゃに描かれてある絵なんだけど。指先でしっかり絵をさしながら、これが、せかい、って言うわけ。それでおれ、せかいはもっと大きいよって言ったのね。せかいには東京タワーだとか富士山もあるよ。海だとかエッフェル塔だとか太陽だってあるし、こんなスケッチブックに入らないくらいに大きいよって。そしたらその子いきなりめちゃくちゃブチギレてきて。その大きさじゃないって言うわけ。かぞえちゃだめって。さんとかよんとかななじゃないって。いちよりじゅうのほうが大きいとか、そんなんじゃないって。

なんか、おれそのとき初めて、将来は絵本作家になろうかなって思ったんだよね。いま

まで一度だってそんなこと考えたことなかったのに。

いや、おれ絶対に絵本作家向いてると思うんだよね。子供好きだし、ひとりでこつこつと絵描いたりするのも得意だし。もちろん色々と大変な仕事なんだろうけど。

そう言うと朝倉は口をつぐみ、疲れたように幾度かまばたきをすると、眠いな、と言って笑った。だれも朝倉の話が終わったことに気づかなかった。ミミも三井も次の言葉を待っていたが、朝倉はただ無頓着そうにあくびを嚙み殺しているだけで、五秒ほどの沈黙のあとに、ようやくふたりは朝倉の話が終わるとともに飲み会も終わってしまったことに気づいたが、こうして完璧な仕方、全員の隙を突くようなさりげなさをもって夜を終わらせた朝倉への嫉妬や羨望、自分でも説明のできない親密さを覚えながらしばらく不意打ちされたようにその場からうごけないでいた。その気配を察したのか、朝倉がまた口を開いた。朝倉は笑っていた。そしてふざけたように女の子の口真似をはじめた。は？　まじで意味わかんない、その大きさじゃないし、かぞえちゃだめだし。ギャル？　ミミが即座に言った。ううん、五歳の女の子。ギャルだったじゃん。そういう喋り方をする女の子なの。ギャル哲学者だ。そうね、ギャル哲学者。将来は高名なギャル哲学者になる。

ミミがユカリを抱えこんで女部屋へもどると、ふたつの部屋の灯りが同時に消えた。宿泊客もホテルの従業員も、全員が眠りについた。窓の外からはスズムシやコオロギの声が聞こえてきた。軒下から金属が触れあうカチカチした音も聞こえてきたが、その正体については誰もわからなかった。

5

早朝の山奥の空気は静かだった。蟬もまだ鳴きはじめていない。遠くの山あいは薄い靄にしずみ、紺色がかった空も次第に白い光がまざりはじめる。風にもならない冷たい空気の振動が枝葉を揺らす以外にうごくものひとつないようだ。どうやら時間の流れ方がふだんと違っている。川のようにサラサラ流れるのではなく、岩に木の葉がふれるたびにひとつずつすぎていくようなじれったい時間。長袖を着こんだままホテルから一歩外に出てみると、自分の鼓動や息遣い、シャツの衣擦れの音だけがやけに耳をつくが、崖の下にいた一匹の鹿が目を覚ますと森の時間にちょっとした変化が生じた。一匹の鹿を合図に、ほかの鹿たちもどうじに目を覚ました。鉤爪のようなそのまつ毛で、世界の表皮をひっぺがしていくように目を開けていくとそれまで暗闇に沈んでいた森の時間も堰を切ったように流れだした。

それから二時間ほどしてユカリも目を覚ました。目を覚ますと、ユカリは強烈な後悔におそわれた。だが目を覚ましたとたんに強烈な後悔におそわれたわけではなかった。寝心地の悪い眠りに浸りながら、あたしは目を覚ましたとたんに恥ずかしさと後悔に潰されそうになるだろうと心の底のどこかで予感してもいた。やらかした、ユカリは思った。絶対に、とほうもなく、あたしはなにかをやらかしたのだ。口のなかが苦くて酸っぱい。吐いたのだろうか。吐いたのだとしたらその処理をしてくれたのはミミさんだ。やらかした。お中元を配らなくては。お中元なんていまの時代ない。うつ伏せの姿勢でくちびるをわなかせながらユカリは長いあいだその場からびくともうごけないでいた。全身が気怠い。口からぐるんと身体を裏返しにされたみたい。朝の光に目を細めながらユカリは昨日の痴態をどうにか思いだそうとしていたが、しばらくするとはっとしてレギンスの下に指さきを潜りこませた。昨日の夜からナプキンを替えてなかったが、吸水ショーツと重ね穿きしておいたおかげで経血が漏れている様子はない。

玄関脇のトイレに行き、便器に腰かけのろのろとナプキンをとりかえる。ふたたび部屋に戻ってくると、ぺたんと布団にへたりこんでユカリはしばらく虫のように背中を丸めていた。あたしもとうとう大学生というわけか、ユカリは思う。酒で潰れるなんて映画とかでよく観るつまらない大学生みたい。昨日の自分を思いだそうとしてみても、脈絡のない断片が頭のなかでもつれているばかり。それでも布団に頭を伏せ、背中にのしかかる倦怠感に耐えながら昨日のことを思いだそうとしていると、いま、あたしは十九歳だ、とユカリは思う。これまで十九年生きてきて、たぶんこれから六十年くらい生きる。就職とか結婚とか、出産とか、たぶんする。そのたびにみなぎるような幸福感に満たされたり、心底うちのめされたり、たぶんする。それがしんどい。自分の人生があと六十年もあるのかという思い。長いな、と思う。あたしというものを追いこしてこの身体はさっさと死んでくれないものか。そう思うとユカリはざらざらした唾液をのどの奥へと流しこむが、だけど、とも思う。もちろん後にふりかえってみれば人生なんて短いものなのだろう。あたしだって、気づいたときには皺だらけの口をもごもごうごかして、あっというまの人生だったなんてほざきながら目に涙を浮かべているに違いない。だけど、それは押しつぶされた食パンみたいにぎゅうぎゅうになった過去をふりかえるからこそ言えることで、とうのあたしはずっと、長いな、と感じている。いま感じている二日酔いの気怠さのことなんて忘れて未来のあたしは都合よく過去を圧縮してしまうにちがいない。それが不愉快だ。手の届かない高いところからあたしを見下ろさないでほしい。あたしは未来にいるあなたのことを思いだすことができない。あたしはどんどん老いていくあたし自身の身体を見ることすらできないのだから。

土下座のような姿勢から上体をおこし、顔にかかった後ろ髪をはらう。正座のままにじりよるように窓辺へちかよっていくと透きとおった朝の光のなかでカニはもぞもぞうごきまわっている。しんどい、ユカリは心底思う。しんどいのもかったるいのも、あたしの真ん中にこの身体とかいうものがあるからで、生きているあいだはどうにかこの身体と付きあっていかなくてはならない。ずっと眠っていたい。眠っているあいだは時間も身体もなくなるから。たかが二日酔いだ。悲観的になるのもバカバカしい。そのことは重々承知しているのに、こうしたとるにたらない些細な気怠さがこのさき何十年も続いていくのだと思うと、ここからもう一歩もうごきたくないような心地になるのだった。

畳にへたりこみ、そのまましばらくカニの動きをぼんやり見守っていると背後からミミが寝返りをうつ音が聞こえてきた。ユカリがふりむくと、ミミは寝ぼけた目でユカリのことを見つめていた。ミミもユカリもしばらく何も喋らなかった。ミミは幾度かまばたきをし、枕の脇にあったウィンストンをとって仰向けのまま火を点けると、

「ユカリ、消化早すぎない？」と言った。「昨日の夜にカツカレー食べてたのに全然残ってなかった」

どうにか朝の支度をすませて集合場所のロビーに出るとそこでもミミは「ユカリって消化早いんだよ」と言いふらした。へえ、消化早いんだ。意外。もっと消化遅いと思ってた。ユカリは苦笑いを浮かべ、あまり経験したことのない辱めに顔がひきつりそうになったが、そうやってからかわれてるうちにさっきまでの倦怠感も、それが原因で巻きおこった悲観もすっと薄らいでいくような気がした。昨日までとくらべて、どこか距離感も近い。これまでは他人行儀なところもあったけど、昨日みっともない姿を晒したことでみんな気を遣わなくなったのかもしれない。あたしもこういうふうな人間にならなくては、ユ

カリは思った。不安も厭世も苦痛も、そのまま音楽にしてしまえる人間にならなくては。チェックアウトをすませてトランクに荷物を積みこむとホテルを出た。車の音に反応したのか野生のカモシカが森の奥からじっとこちらを見ていた。

じつは杉崎はきょうの夕方に東京にもどることになっていた。兵庫にある実家への里帰りの都合とのことで、夕方の公演に出ると新幹線に間に合わないので山形駅で杉崎を下ろしてからそのまま病院へ向かう予定になっていた。結局あまり仲良くなれなかったな、助手席でユカリは思う。昨日までと違って車内でスマホも見ていない。自分から話しだしたりはしないものの、話しかけにくい空気を演出しないように一応気を遣っているみたいだ。さっき、トランクに荷物を積みこむときに杉崎と一瞬だけ指がふれあった。杉崎の爪は固かった。だけど指さきは指紋がないみたいにすべすべしていた。なんだか少女漫画みたいで恥ずかしいけど、人と人とが理解しあうのも、言葉や仕草ではなくこういった何気ない感覚の積みかさねなのかもしれない。杉崎とは、四日間一緒にいた。たった四日間だけど、この合宿のあいだに杉崎との距離感も少しくらいは変化したはずだ。杉崎はどう思っているのだろうか。いまはまだ他人行儀だけど、もしかしたらいつかはあのときの合宿楽しかったねと言えるくらいの関係になっているかもしれない。そうなったらいい。思い出そのものよりも、一緒に思い出を語りあえる友達がいるということのほうがよっぽど大事なことだから。「落語家の全力疾走って見たことなくない？」後部座席でミミが言った。

「ないな」朝倉も言った。ないかも、ユカリも思った。

気温も低かったので窓を開け、狭い山道を下りていくとわたしたちは麓にある県道を山形方面へ走っていった。杉崎の新幹線が出るまでまだだいぶ時間があった。だが牧場や動物園に行くとなると遠回りしなければならないので観光がてら県道沿いにある小さな建物へむかうことにした。秘宝館だった。祭式で使われる巨大な男根、自分の乳を揉みしだきながら絶頂する子宝観音、結合部がやけに生々しい江戸時代の春画。太古の性具たちにミミたちがゲラゲラ笑うなか、三井だけが「なるほど」と真剣そうに四十八手の絵巻物を眺めていたが、誰よりも施設を楽しんでいたのはユカリで、レバーを引けばマリリン・モンロー像のスカートから女性器がのぞく仕掛けの前ではひきつけを起こしたようにいつまでも笑いころげていた。立ちバックをした貫一とお宮、耳に当てると「うっふ〜ん」と声が聞こえる貝殻、レズビアンの4Pという特殊な状況以外には使えない鼈甲のディルド。博物館というよりは館長好みのエログッズを集めたような施設で、こんなもんには勝てない、おれたちは一体何のためにお笑いをやっているんだと最終的には意気消沈するようにして施設から出た。車に乗りこむやいなやミミは餞別の品として杉崎に土産物を渡した。木で作られた小さな張り型だった。「実家のお母さんにプレゼントしな」と笑いかけると、杉崎は露骨に嫌な顔をしたので「嘘嘘嘘」とミミは焦ってまくしたてた。

山形駅に到着するまでのあいだにドッキリもやった。最近寝つき悪いんすよねと運転中に急に三井がこぼし、するとバッグから薬の小瓶をいくつもとりだしてフリスクと入れ替えられてある大量の睡眠導入剤をバリバリ噛みくだきながら平気で車を運転するというものだったが、運転席には錠剤が散らばり、なにか事件でも起きたのか道中にはパトカーも多く、いま検問にあったら端的に言ってまあ終わりだななどと上級生たちが内心ドキドキしているうちに無事山形駅には着いていた。口のなかがスースー痛かったので昼食のラーメンは残してしまった。するとなんだか本当に眠くなってきた気がした。さっき自分が食べたのは本当にフリスクだったのかと思うと不安で心臓が痛くなった。さすがに可哀想になってきたので三井を休憩のため車にのこして、三人で手をふりつつ杉崎を見送ると、杉崎は改札口のむこうでうしろをふりむいて礼儀正しくお辞儀した。ホームの階段をあがるとちょうど到着したばかりの新幹線に乗りこんだ。指定された窓際の席を見つけ、荷物棚にリュックサックを押しこんだ。車内では日本語と英語でアナウンスが流れていた。うしろの座席から赤ん坊の泣き声が聞こえてきたが、両耳にイヤホンをしていたので大して気にもならなかった。

列車が出発したあとも杉崎はぼんやりと車窓に目をむけていた。夕方の河川敷の土手では犬を連れた中年男性が歩き、幹線道路沿いの小学校ではユニフォームを着た子供たちが校庭でサッカーボールを蹴っている。暗いトンネルに入ると窓ガラスに反射した自分の顔がくっきりと濃くなる。旅の疲れがあるのか一瞬まばたきをしただけで泥のような眠りに引きずりこまれていくようだったが、景色が田園風景になると杉崎はスマホをとりだしてSNSのアイコンをタップした。ようやく終わった、杉崎は思った。長かった四日間という時間が、ようやくこれで終わってくれたのだ。

これでほかの人たちに気を遣う必要もない。タバコ臭い部屋の空気に耐える必要もないしよくわからないお笑いごっこみたいなノリに付きあう必要もない。うれしいというより、安心感だ。うれしいという感情はなかなか持続しない。だけど安心感という感情はどれだけ時間が経とうと決して尽きることがない。明日の今ごろは兵庫にいる。移動続きで疲れるけど、明日から一週間はバイトもなければ知り合いと会ったりする予定もない。とにかく、ゲームをやりこむのだ。実家の部屋にとじこもっていまやりこんでいる高校球児育成ゲームのキャラを朝から晩までひたすら育成するのだ。

SNSの巡回をすませ、アプリゲームのアイコンをタップするとそのときちょうどLINEの通知が届いた。三井さんからだ。液晶上部のポップアップに、暇なときにドッキリの解答送ってねとある。そうだった。やれやれ。せっかくひとりになったところなのにどうしてこんな面倒くさい風習に巻きこまれなければならないのか。しかも仕掛けられてる側は大しておもしろくもない。上級生たちも面倒くさがってるようだしそんな伝統とっとと廃止にしてしまえばいいのに。杉崎はうんざりとため息をつくが、それでも面倒なことはさっさとすませとこうと思って、まず一日目は三井さんの父親が乱入してきたこと（にしても陰気臭い人だった）、二日目は三井さんがシャボン玉を食べた女の子についてずっと訴えてたこと（あれはドッキリというよりただの嘘だ）、三日目は朝目撃した朝倉さんとミミさんの情事で（夜のランドセル事件はなんだったのだろうか？）、四日目は今朝ホテルの駐車場でボロボロに焼けた家族アルバムが落ちていたこと（あれはちょっと怖かった）。こんなの間違えるはずがない。ドッキリをやるのならもっと巧妙なものを仕掛けるべきだ。三井に返信をするともう一度アプリゲームを開き、ガチャをひいては攻略サイトを参考にキャラの選別にとりかかるが、どういうわけか意識がゲームにのめりこんでいかない。前の座席の人が断りもせずにリクライニングを倒してくる。軽く咳払いだけしとくが、べつにわざわざ苛立つほどのことでもない。狭い座席で姿勢を伸ばし、ただ作業的に指をうごかしながら、まあいい、と杉崎は思った。どうせこの活動を最後にこのサークルはやめるのだから。

そもそもお笑いサークルに入ったのもただの偶然だ。大学生になったのならサークルのひとつくらい入っとくべきだという父親の助言をうけて、入学式のあとに一番最初に新歓のビラを渡してきたサークルに入っただけで、べつにお笑いが好きなわけでも音響や照明に興味があったわけでもない。それに、もともと集団行動は苦手な人間だ。コンパや合宿中の車内、大勢が一斉に話しだすとどこに意識を傾ければいいのか、どの音を聞くべきでどの音を聞くべきでないのか判別がつかなくて気づけば奥歯をぎゅっと噛みしめている。

きっと、ミミさんも悪い人ではないのだろう。決して頭も悪くないし周囲の状況だってよく見えてるし、それに水辺で遊んでいるときのあの自意識のなさは大学生にしては相当珍しい部類だ。ただ、どうにも他人をひとりにすることができない人だ。あちらもぼくに気を遣ってるということはわかるからこちらも質問されたことには答えるけど、四日間も一緒にいるのは長い。それに、昨日の温泉でのことで心もすっかり離れてしまった。だから本気で嫌いになる前にさっさとサークルをやめるのが吉だろう。人を嫌いになるのには想像以上に体力がいる。これからの四年間は、バイト先や学部でだけそこそこの人間関係を築くことにしよう。たぶんほかのサークルにももう入らない。だれもぼくの生活を邪魔しないし、ひとりの時間に介入してくることもない。これから、ぼくはずっと自由なのだ。全身全霊をかけてこのひとりの時間を徹底的に守りきるのだ。そう思うとうっすらとした絶望感が頭をよぎった。だがすぐ気をとりなおすとシナリオモードを選択して新たなキャラの育成にとりかかった。

一度ゲームに没頭してしまうと東京までの道のりもあっというまだった。電車を乗りかえ、下宿先の沼袋に到着するとマンションの一階にある薬局でカップ焼きそばを買う。オートロックを解除し、四日ぶりに自宅のドアを開ける。足だけ使ってスニーカーを脱ぎ、玄関口の電灯を付けるために壁のスイッチに腕をのばすと、一瞬ふと自分がいまなにをしているのか、どうしてこんな重たいリュックサックを背負って玄関先にたたずんでいるのかよくわからなくなった。ああそうだ、すぐに思いだす。さっきまでサークルの合宿に行ってたんだった。ミミさんと朝倉さんと、三井さんとあとユカリとかいう女の子。たぶん、もう二度と会わないだろう。一ヵ月もしたらあちらもぼくの顔など忘れているにちがいない。感傷に足をとられることもないままエアコンを点け、浴室に行くと早急にシャワーを浴びる。風呂からあがり、明日の荷造りをしているとリュックサックのポケットから生々しい形をした張り型が出てきたので途方に暮れた気分になった。顔を歪め、張り型を手にしばし部屋をうろうろする。しかしさすがに捨てるのは気が引けたのでベッド下の引き出しを開けると文房具や爪切りの入った小物入れのなかにひとまず放りこんだ。

　お湯を沸かし、片手でカップ焼きそばをすすりながら高校球児育成ゲームをプレイする。深夜の一時からメンテナンスだ。それまでに日課のクエストをすませなければならない。恋愛イベントをこなし、練習試合で勝利し、甲子園の初戦を無事突破する。だがミニゲームで指が滑って主人公の能力値が下がる。女の子にもふられ、一発逆転の身体改造手術も大失敗に終わったため結局甲子園は準決勝でボロ負けという結果だった。それから二時間半ぶっつづけで合計三人の選手を育成した。そのうちの二人は控えにも使えない出来だったが、最後のひとりは先発投手をまかせられるほどの高い能力値だった。時間を確認すると、もう十二時だ。あと一周くらいする余裕はあったが、明日は早いのでスマホでアラームを設定するといつもより早めに布団にもぐりこんだ。ベッドに寝転がり、冷房を点けたまま毛布にくるまる。スマホの液晶の光が目の前でちかちかするようでなかなか眠ることができない。部屋にはひとつも物音がしない。エアコンの作動音はした。だがそうした小さな物音たちが深夜の静けさをさらにふくらませていくようでもあった。

どこかから水の音がする。頭のなかから、記憶の近しいところから水の音が聞こえてくる。あちこちに弾ける飛沫、姿の見えないヘリコプターの音。水中にとびこんでないのに渓流でのミミさんたちの声が妙にくぐもって思いだされるのはどうしてだろう。夜の静寂のなかには、いままで聞いたすべての音がある。それはいつ読んだ本の一節だったか。高校時代の予備校だったか。目をじっと閉ざし、杉崎は息を止めるように一瞬だけ過去をまさぐろうとするが、まあ、いいや、と思って突然気をとりなおすように寝返りをうった。どうせ明日には忘れてしまうことだ。二度と会わない人を思いだすほど無意味なことはない。いまはとにかく眠らなければ。明日は両親を安心させるために学生生活のエピソードをでっちあげなくちゃならないんだから。そう思うと毛布をひきあげ、背中を丸めこみながら杉崎はぐっすり眠りに落ちていったが、その言葉のとおりそれから五十三年も杉崎はこの旅のことを一度も思いださなかった。大学を卒業して実家へもどったときも思いださなかった。新卒で入った会社をやめて父の税理士事務所を継いだときも思いださなかった。胃がんにかかった母親がのたうちまわって死んだときも思いださなかった。結局生涯を独身でとおし、自分以外にひと気のなくなった実家で飼っているセキセイインコのエサをとりかえようとしたときにふと思いだしたが、とくになにか感慨がひきおこされたわけでもなかった。あ、そういやそんなこともあったな、というくらいだった。

山形市の精神病院での公演はびっくりするほどウケなかった。ピコピコハンマーで三井の頭を叩こうがウケなかった。真剣白刃取りに失敗しようが環境映像の上映かというくらいウケなかった。三十人ほどの観客は舞台上をドタバタ走りまわる演者たちに一切の興味を示さず、客席のうしろで腕を組んだ院長は医療関係者というよりかは恰幅のよい私服警官のようで大学生たちが下手なことを口走ったら公演中だろうが部下を引きつれてすぐにとりおさえてやるという厳しい視線を舞台上にむけていたが、そういった緊張感の結果として時代劇の途中でユカリがネタをとばした。三十人の無関心な目がユカリを見ていた。一瞬だけ時間のとまったコントを巻くために予定より早めに三井がマグロ漁師として登場したが焦りをごまかすように競りの声がどんどん大きくなっていくだけだった。結局患者たちの深いまどろみに一切太刀打ちできないまま一時間の公演はすぎていき、コワモテのわりには声の甲高い院長からお捻りとしてビール券をもらうとわたしたちは逃げるように今日の宿へ車を走らせていった。だが朝倉とミミが言うにこんなのはよくあるとのことだった。五〇〇〇円のビール券は金券ショップですぐに現金に換えられ、ペットショップで酸素石やイトミミズを買うと余った金は結局部屋飲みのためのビールに使った。

それでその日は病院が用意してくれた社宅に泊まったのだが、次の日は病院公演もなかったので山形にホテルをとって近場の観光地を観てまわる予定だった。朝には途中参加の新しいメンバーが来ることになっていた。モトキとよばれている二年の男演者だが、本名はモトキではない。ヤマモトキヨシというのが本名なのだが、三年にヤマモトというスタッフがいて四年にはさらにキヨシという名前の演者がいるためサークル員からは自然とモトキとよばれている。朝九時に山形駅前に迎えにいくと、モトキはボロボロのスニーカーと擦りきれたジーパン姿でバスロータリーのベンチに座っていた。わたしたちに気がつくとモトキはバックパックをゆらしながらこちらへ一直線に歩いてきた。目の前でぴたりと立ちどまり、旋風をおこすかのように深々とお辞儀をすると、

「申し訳ないんですが、まったく金がありません」と言った。「金作ってくるんで、ちょっとどっか観光でもしといてください」と息巻いてミミから一万円借りると駅前のパチンコ屋に姿を消した。

結果から言うと、夕方までにモトキは五万円勝った。胸ポケットから万札をちらつかせ、駅前で缶のピースを三本同時に吸うモトキに四人でバンザイをあげるとコンビニの募金箱に小銭をぶちこんでは回転寿司屋でわたしたちはモトキのために祝杯をあげた。どうやらモトキはおとといまで治験のバイトで、一週間ずっと病院にとじこめられて認可のおりていない花粉症の治療薬を毎晩飲みつづけていたとのことだが、謝礼が振りこまれるの

が来月の頭のため無一文のまま東京から山形までヒッチハイクで来たらしい。仲のよい後輩が来てくれてうれしいのかミミの機嫌もこれまで以上によくなった。店頭におかれた食品サンプルのガチャガチャを中身の在庫がなくなるまで回したりした。こう見えてモトキは学業は真面目で、語学サークルにも入っていて将来は外交官となって世界じゅうをまわりたいらしい。来年の四月からは交換留学生として一年間海外へ行くとのことだ。どこに行くのかと尋ねられると、ブルネイとのことだった。知らんとミミは言った。おれたちの大学にブルネイ人がひとり増えるのか、朝倉も言った。

六日目も公演はなかった。海辺のほうへ寄り道して適当に海岸沿いを散歩しようかという話だったが、朝から雨だった。天気予報を見てみると、フィリピン沖で発生した熱帯低気圧が台風となって太平洋側に近づいているとのことだった。

風はまだ強くないものの夏らしい大粒の雨で、東北にしてはジメジメ蒸し暑い空気のなか宿泊予定の秋田まで向かうだけの日になりそうだったが、連日続く部屋飲みのせいで全員が寝不足でモトキだけが旅行二日目のテンションのままローカルチェーンのコンビニを物珍しげに指さしていた。車にのりこむやいなやわたしたちは前日の夜にスーパーで買った朝食を食べることにした。ミミは二日酔いながらも車内の会話を盛りあげようとし、犬ってかわいいのに臭いの意味わかんないよねなどと健気にもモトキと楽しげに話しあっていたが、朝食の入ったスーパーのビニール袋をのぞきこんだとたんに小さなうめき声をあげた。缶や瓶に潰されたのかミミの買ったクロワッサンがぺしゃんこになっていたのだ。商品を詰めこんだのは朝倉だった。ミミは心底おどろいたような、それをとおりこしてもはや不気味というような顔を浮かべながら、

「どういう意味？」と言った。それから後部座席をふりむいては朝倉に弁解と釈明をもとめた。

ミミが言うには、クロワッサンというのはパン生地ではなく内部にふくまれた新鮮な空気を食べるための食品であって、ぺしゃんこのクロワッサンほど無価値なものはない、食べるだけ無意味、は、なにこれ、生後すぐして死んだ赤ちゃんの命？　と最初こそミミは不満気な様子でぐちぐちと文句を言うだけだったが（赤ちゃんの命だって無意味じゃありませんとユカリが反論した）、そのじつ本気で腹を立ててもいるようで、ねちねちといつまでも朝倉に愚痴をこぼしながら自分で自分の怒りをそそのかしていくようだった。朝倉は冗談半分に話を聞きながしながら謝罪を口にしていた。だがミミがいかにも不味そうに、これ見よがしにクロワッサンを食べてみせるとやがて困った顔をして後部座席でじっと黙りこくってしまった。朝倉の朝食は炒飯おにぎりだった。「炒飯をおにぎりにして美味しいとか言ってんのバカみたいじゃない？」と炒飯おにぎりにまでミミの白羽の矢が立った。深くため息をつき、さらにミミが言葉を重ねていこうとすると朝倉は手をふってそれを遮り、面倒くさげに窓の外へ顔をそらしながら、

「わかったから」と表情のない声で言った。「わかったから、もうあんま喋んな」

雨の道路を突っきり、わたしたちは無言のまま高速道路を走っていった。雨はどんどん強くなった。気まずい雰囲気をごまかすために三井は予定より早めにドッキリを決行することにした。三井が超ド級の国粋主義者だったというもので、カーステレオで国歌や玉音放送を流しながら日本人は三千年ものあいだ続く世界一偉大な民族、マスコミは全員売国奴、日本人は遺伝的に知能指数が高いなどと三井は慣れない言葉をしどろもどろにまくしたてたが、重たい空気はびくともせず、ミミと朝倉は窓の外の景色を眺め、ユカリはしばらく怯えた顔をしながらバックミラーごしに三井の顔をちらちら窺っていた。空気を入れかえようと三井は一旦サービスエリアに車をとめた。それぞれ別行動をし、三十分ほどして車に集合すると、売店からもどってきたミミはさっきまでの不機嫌が嘘だったかのようにまたぺちゃくちゃと喋りだした。モトキとじゃれあい、鼻歌をうたい、売店で買ってきたスナック菓子を皆にまわしまでした。しかし朝倉は後部座席で黙って窓の外を眺めていた。眠たげな横顔をバックミラーに反射させて跳ねあがる飛沫の影を頬のあたりにちらちら揺らしていた。嫌なタイミングで雨になったもんだ、三井は思った。せっかくモトキが来て風通しがよくなったのに、これで台無しだ。

そもそもいまのだってミミさんが悪いというわけでもない。朝倉さんは妙なところで大雑把というか、ドアを閉める音が大きかったり、朝食として買ったサンドイッチを食べ忘

郵便はがき

料金受取人払郵便

小石川局承認

1144

差出有効期間
令和8年3月
31日まで

112-8731

〈受取人〉
東京都文京区
音羽二―一二―二一

㈱講談社
文芸第一出版部 行

ご購読ありがとうございます。今後の出版企画の参考にさせていただくため、アンケートにご協力いただければ幸いです。

お名前

ご住所

電話番号

このアンケートのお答えを、小社の広告などに用いさせていただく場合がありますが、よろしいでしょうか？　いずれかに○をおつけください。

【 YES　NO　匿名ならYES 】

＊ご記入いただいた個人情報は、上記の目的以外には使用いたしません。

TY 000072-2401

書名

Q1. この本が刊行されたことをなにで知りましたか。できるだけ具体的にお書きください。

Q2. どこで購入されましたか。
1. 書店(具体的に：　　　　　　　　　　　　　　　　　　　)
2. ネット書店(具体的に：　　　　　　　　　　　　　　　　)

Q3. 購入された動機を教えてください。
1. 好きな著者だった　2. 気になるタイトルだった　3. 好きな装丁だった
4. 気になるテーマだった　5. 売れてそうだった・話題になっていた
6. SNSやwebで知って面白そうだった　7. その他(　　　　　　　　　)

Q4. 好きな作家、好きな作品を教えてください。

Q5. 好きなテレビ、ラジオ番組、サイトを教えてください。

■この本のご感想、著者へのメッセージなどをご自由にお書きください。

ご職業　　　性別　　　年齢
10代・20代・30代・40代・50代・60代・70代・80代～

れて夕方に平気で捨てたりみたいな人間として妙に無頓着なところがある。ライブには人を呼ばない、サークルのネタ見せの締切は平気で遅れる、ミミさんはなんだかんだでサークル活動には熱心だから、そういった朝倉さんの熱量があるのかないのかわからない態度にときどき苛立ちもするのだろう。まあおなじメンバーで十日間も旅をしてたら喧嘩のひとつやふたつくらいは起こる。だけどそうしたよどんだ空気を入れかえるためにモトキのような途中参加のメンバーがいるのに、モトキときたらさっきから状況を理解しないでミミさんときゃっきゃと笑いころげている。どうしようか。いまおれが靖国神社の英霊たちに涙を流しながら祈りを捧げたりしたら朝倉さんは乗っかってきてくれるだろうか。やってみるべきか。いやまたユカリを怖がらせるだけか。ワイパーの速度をあげ、フロントガラスの細かい水滴をざっと払いながら三井はあちこちに思考をふりまわしていたが、しばらくすると、どうでもいいというか、どうしておれがたかが朝食のパンごときで喧嘩をした上級生のお守りまでしなきゃいけないんだという投げやりな気分になってきた。くだらない。小学何年生なんだあんたらは。

そもそもこの合宿はおれへの負担が大きすぎやしないか？　運転やドッキリの役回り、病院への連絡やホテルの予約といった班長としての業務。おれだって疲れている。車内の雰囲気くらい上級生たちだけでどうにかしてくれないものか。朝倉さんも朝倉さんだ。子供じゃあるまいし。いつまでも眠たそうに窓の外を眺めてばかりいないでさっさとミミさんとの会話に入っていったらどうなんだ。それに昨日からミミさんの意識がすっかりモトキにむいてしまったのも気に食わない。昨日の回転寿司屋でもどうしてモトキにばかりミルクレープやモンブランを食わせるんだ？　一昨日までその役割はおれだったはずだ。おかしい。ミミさんのおもちゃはおれだけのはずだ。アクセルをふみ、身体の芯まで染みついた宿命的な自分の奴隷根性にうんざりしながら、唐突に、疲れている、と思った。眉間にうっすらと不透明な液体が滲む。一時間でいいから、ひとりにさせてくれないものか。

高速道路に車通りはほとんどない。陸橋や道路標識は現れるとともに大雨に曇った背後へ消え、アスファルトの白線が突っ切るように直線道路を伸びている。フロントガラスを雨粒が打っている。誰も操作していないカーステレオからは知らないバンドの知らないアルバム曲が流しっぱなしになっている。そうした単調な音や景色にまぶたを撫でられ、心音と重なり、穏やかな世界との同調に知らずと意識が傾いていくうちに三井はいつのまにか眠りに落ちてしまった。そのあいだ車はコントロールを完全に失った。わずか三秒のことだった。その三秒のあいだに三井はカニのこれまでの生すべてを見た。とうのカニは助手席の虫カゴで身をおこし、敵の気配を察知したかのように両手のハサミを宙にかかげていた。

カニはいつ自分というものが発生したのかわからない。興味もなければ知ろうともしない。母蟹の腹の下で長いあいだすごしたことも、体表を薄い膜にぴったり包まれていたことも、卵から孵化するとさっそく母と別れねばならなかったこともどうでもいい過去の出来事だ。カニの目は複眼だ。だから生まれて初めて目にした水面を反射する光もきっと粉々にされた鏡の破片のように見えたにちがいない。水流のおもむくままにふらふら水中をただよい、とりあえず岩陰に着地するとカニは何もしないまましばらくそこにへばりついた。数センチ横を大きなマスの口がとおりすぎていった。淡く透きとおった甲羅の色が水にまぎれてうまく難を逃れたのだったが、タガメや小魚などをバクバク食べているうちに甲羅はあっというまに赤黒くなった。

数年の月日がたって、性成熟をむかえたカニは交尾をしようと思った。思ったわけではないのか。いや人間とはべつの仕方でたしかにそう思った。最初に見初めた相手は、カニの住処のすぐ側の水面に突然落ちてきたメス蟹だった。唐突にあらわれたメスのにおいはそれまで灰色だった水中を目も眩む極彩色に彩ったような感じがした。カニに色覚があればの話だが。メス蟹が岩をよじのぼるとカニもその後をつけた。カニは正々堂々としたタイプだ。背後からおおいかぶさるのではなく、正面から堂々と身をかかげて自分を大きくみせたが、どうやらメス蟹にその気はないらしい。ハサミを大きくもたげて挙句の果てにはカニを捕食しようとさえしてきた。やばい女だった。カニは水中にとびこみ、岩の下に身をひそめてしばらくのあいだ腹についた傷を癒した。数日後、べつのメス蟹に近づいていくとカニはどうにか交尾に成功した。梅雨になるとメス蟹は五十個の卵を産んだ。しかしそのときカニは無責任にも川床でべつのメス蟹を口説いている最中だった。

　くりかえしおとずれる季節のなかで、カニにとって意味をもつのは春から初夏にかけての繁殖期と冬眠期の冬のふたつで、水温が低くなり、身体のうごきがちょっと鈍くなってきたと思ったら岸辺の落ち葉へもぐりこんで甘い眠気のなかに沈んでいく。カニは少しだけ臆病らしい。冬眠に選ぶのは、天敵のヒキガエルが絶対に見つけられないような奥深いひっそりした場所だ。おととしは長くて厳しい冬だった。周囲の土があたたかくなり、四月になってから地上にあがっていくと生き物の気配に満ちた空気がカニの甲羅や片方だけ大きいハサミを満たした。おなじ母ガニのもとで育った兄弟たちはその年の大寒波にやられて全員死んでしまった。地中の奥深くにいたカニだけが助かったのだ。もちろんそんなことをカニは知らない。触角をそびやかし、木漏れ日に染まった土のうえを歩いていくとちょっと行ったところに水たまりがあった。水中に忍びこみ、ハサミをふりかざして相手の身体を固定するとうしろから新鮮なヤゴをむしゃむしゃ食らった。

　去年の夏、台風によって渓流が増水したときにカニは危うく死にかけたことがある。激しい渦にもまれ、太い木をもしならせる強風にざっと水面を薙ぎはらわれるとそのまま宙に放りだされ固いアスファルトの車道に叩きつけられてしまった。一晩ほど気を失ったが、目を覚ましたころにはもう水は引いていた。台風一過の青空がひろがり、じりじりした日光が甲羅を照らしつける。トラクターや軽自動車が目の前をとびかい、いまにも絶体絶命かというその瞬間、たまたま通りかかった近所の老人がカニをひろって元の岸辺に放してくれた。甲羅に飛沫を浴びるとカニはようやく息を吹きかえした。その翌日に老人は宝くじで三千円あたった。カニの恩返しだと老人は妻や近所の農家に言ってまわったが、もちろんカニはなにもしていない。

年に数回脱皮をするたびに、カニは抜け殻のまわりをしばらくふらふら歩きまわる。いまここにいる自分と、さっきまで自分だったものの区別がよくわからない。あの水の冷たさや、湿ったあの砂利の居心地のよさ。大事だったものも大事じゃなかったものもすべて抜け殻のなかに置きわすれてしまったような気がする。抜け殻を一口だけ食べてみる。だが、さっきまでの自分はもどってこない。そしてその抜け殻が自分だったものということすら忘れると水中にとびこんではあらたな温度やにおいを身体じゅうに蓄えていく。しかしここ最近はずっと身体が重い。脱皮による疲れか、それとも単純に老いてきただけか。

そして時間はつい先日に至る。川床でうとうと水流に揺られていると、突然カニは大きな手のひらに川床の砂利ごとすくいとられたのだった。全身びしょ濡れのままミミは笑っていた。ハサミを突きたて必死に抵抗するカニを見ながら「人間ナメんな」と言い放ちさえした。そのまま岸辺へ連れていかれ、違う環境に戸惑いながらもしばらくカニは人間たちと生活を共にすることになった。きょうは湿気の多い日だった。三井はカニの目をとおして運転席にいる男を眺めていた。運転席の男は眠っていた。危ないな、三井は思った。

こんな見通しの悪い日に居眠り運転なんて、一体なにを考えてやがるんだ。

どうせちょっと運転に慣れてきたからって油断してるんだろう。しかも犯罪者みたいな顔をしてやがる。きっと特殊詐欺グループの主犯かなにかにちがいない。しかも童貞だ。特殊詐欺の主犯で童貞というのも珍しい。こんなやつに免許をあたえちゃダメだ。まったく日本の警察はなにをしているのやら。三井は運転席の男を嘲るように眺め、そして先ほどの心地よい眠りのなかにもう一度もぐろうとしたが、目の前にいるのはどう考えても自分だ。あわてて目を覚まし、全身でのしかかるようにブレーキを踏みこんだ。時速は百五十キロだった。雨に曇った高速道路のカーブは目と鼻のすぐ先にあった。

「あぶないっ」ユカリが叫んだ。「うおおおおお」とモトキも叫んだ。

衝突寸前のところでハンドルを切った。メンバー全員の尻を浮かせ、雨で濡れたジャンクションをスリップしながらカーブを曲がりきると間一髪のところでどうにか衝突は回避した。だれもしばらく口を開けなかった。自分が死んでいないということを理解するのに少しだけ時間がかかった。助手席ではカニの入ったカゴが横倒しになっている。無言のままメンバーたちはまばたきをし、呼吸することも忘れながら慎重に進んでいく車窓の景色をぼんやり見つめていたが、モトキがへらへら笑いながら突然「やっべー」と口にすると、他のメンバーたちも一斉に笑った。ミミも、朝倉も、ユカリも三井も笑った。「やっべー、だったね」ミミが言った。「やっべー、だったな」朝倉も言った。やっべー、やっ

べー、やっべー、とそれぞれが口々に言いあい、その後の合宿では危うく箸を落としかけたり、動物園でアルパカに唾をとばされかけたりするたびにやっべーと言うことが一瞬だけ流行った。

6

サービスエリアに立ち寄るとそこで一時間ほど休憩をとってからまた車を走らせた。助手席を空けているのは危険だ。三井の話し相手のためにとりあえずその日はミミが助手席に座ることになった。秋田に入ると雨はますます強くなった。倒れた影響で水がこぼれてしまったため、高速道路を下りると田沢湖に立ち寄って傘をさしながら大雨のなかカニのカゴの水をとりかえた。

六日目の宿は老夫婦がやっている山奥の民宿だった。庭の鶏小屋の前には濡れそぼった無数の羽根が落ちていて、ちょうど鶏を潰していたところだという老婆が両手の血をエプロンで拭きながらニコニコと愛想よく接客してくれた。訛りがひどくて老婆の言うことは半分以上わからなかった。だがその人懐っこさを生かしてモトキはすぐに老婆と茶の間でお茶をくみかわすまでの仲になった。老婆が言うにはこの集落のなかで老婆の家系はもともと呪術師だったらしく、先祖代々受けつがれてきた占いは秋田のなかでよく当たると有名で、嘘か本当か、村役場の役員たちはいまだに村の行政にまつわる判断を老婆に尋ねることもあるらしい。その方法といえば特製の墨汁に突っこんだ手をふって半紙についた痕を見るというそれっぽいもので、モトキの通訳をとおしてユカリがやってもらったところ、五十代で大病を患う、だが結局それもすぐに完治して最後には孫に看取られて幸福に死ぬだろうとのことだった。朝倉は生涯独身だが会社や組織に入らないほうが成功する。ミミは結婚相手に難儀するかもしれない。三井は将来人前に出る仕事につくだろうとのことで、お笑いサークルということを知らない老婆が言うとなるとなかなか信憑性もまし、三井の心はこれまで以上に芸人になることに傾きかけもした。最後はモトキの番だった。日本じゃなく海外で仕事をするかもしれない、と老婆が予言してみせるとメンバー全員からおおっとうなるような声があがった。モトキは男の子が欲しいらしい。何歳くらいで子宝に恵まれるかとモトキが訊くと、老婆はむずかしい顔で半紙を見つめ、それからモトキの顔をきっと睨みつけると、

「さんずうにでおんなづかまえで、さんずうごであかぴたこうまれんべ」と言った。「しかも、ふだりだ」老婆の予言は当たった。モトキは三十二で結婚して三十五で双子の男の子に恵まれた。だが、死産だった。回復後もときおり床にへたりこみ、声を押し殺しながら静かに泣きだすようになってしまった妻の側にいるため、モトキは外交官をやめて日本

で花屋を始めた。

台風はどうやら太平洋側にそれたらしい。深夜遅くまでふっていた雨も朝にはすっかりやみ、宿から一歩外に出ると葉から吐きだされる水蒸気が雨上がりの陽光をしゅうしゅう満たしているようだった。老人ホームでの公演も大成功といってよかった。ミミたちのアドリブもきちりとハマり、どれだけベタなボケでも拍手喝采の笑いがどっと立ちのぼったがモトキのピンネタだけまったくウケなかった。定期公演でもウケず、老人ホームでもウケないとなるともう逃げ場はなかった。謝礼ももらえないまま、だが落ちこむ様子ひとつみせないモトキを連れて一時間ほど車を走らせていると、市街地の端を流れる水嵩の高くなった川を見つけた。ミミがとびだし、モトキがそれに続いた。ふたりして三井をひきずりこむと、上半身裸の三井は脱いだシャツをふりまわしてあちこちに水滴と汗をふりまいた。浅瀬にはフナの群れがいた。真夏の日の下で水をかきわけると尾びれの鱗が虹色に光った。今日の朝倉は水にとびこまないでユカリと一緒に岸辺に座っていた。どこか眠たげな朝倉の横顔に心配したユカリが声をかけると、朝倉は笑いながら「眠たいのには慣れてるから」と気丈そうに言った。

じつはこのあとは東北地方を巡るほかの班と山奥のキャンプ場で合流することになっていた。二年のハタナカ率いるハタナカ班だ。キャンプ場にコテージを借り、夜はバーベキューをしながらこれまでの旅を報告しあったりする予定になっている。合流する班には幹事長のキリタニもいた。ミミによるキリタニの悪口で盛りあがりながら急な山道を登っていくと、両側を深い森に挟まれた道のさきにキャンプ場の入口があった。管理棟で場内の地図をもらい、茂みの奥にコテージのある坂道を登っていくと昨日の雨でまだぬかるんだ平原がひろがっていた。

陽はもう暮れかけていた。わずかに傾斜がかった草地のさきは小高い丘になっていて、雨上がりの澄んだ夕日の逆光のせいで丘の斜面はうっすら暗く沈んでいた。崖際に立ったコテージの脇の駐車場に車をとめ、スギの森の手前側に設置されたテントへと斜面を登っていくとあちらの班は既にバーベキューの準備を始めているようだ。炭火のコンロに火を点け、洗い場でニンジンやピーマンを切り分け、それぞれが忙しそうに立ち働くなか班長のハタナカだけがかったるそうにデッキチェアに座っていた。目の前のテーブルにはどっさり砂の入ったビニール袋があった。ハタナカは袋に手を突っこむと指先でつまんだ砂を食べた。どうして砂を食べてるのかとミミが訊くと、ハタナカは無気力そうに「ああ」と声をもらしてから、

「ここに来るまで牧場行ってたんですよ。そしたら牛の厩舎の脇にどっさり砂が積まれて、それですね」と言ってまたつまらなそうに砂を食べた。ジャリリと奥歯で砂をすり潰す音がし、他のサークル員たちはようやく点いた火をどうやって保てばいいのかコンロのまわりであれこれ議論をしている。「おいしいんですか？」と距離感をうかがうようにミ

ミがおずおず尋ねると、ハタナカは驚いた表情をうかべながら、

「おいしいわけないじゃないですか。砂なんですから」と言ってまた砂を食べた。ビニール袋の隣には真っ白な液体の入ったペットボトルが置かれてあった。「これ、乳搾り体験でもらった牛乳です」ハタナカが言った。「牛乳がペットボトルに入ってると食欲失せるのってなんでなんですかね」ひじ掛けに両手をついてデッキチェアから立ちあがった。すると尻の下から大きな屁の音が鳴った。「あつっ」ハタナカが叫んだ。そのときコテージから二年スタッフのナナミが歩いてきた。両手を組みあわし、しばらくユカリたちと楽しげに再会を喜びあうと、男たちは火おこしや調理の手伝い、女たちはアルコール類が足りないかもしれないので入口脇にある売店まで買い出しにいくように、と命令した。

日が暮れると、あたりは真っ暗になった。コンロの炭火と、テントのランタン以外に光はひとつもない。月も丘のむこうに姿を隠し、斜面の下に並んだコテージの窓灯りはすべて暗く沈んでいる。バーベキューが終わるとあとは自由時間だ。朝倉はナナミと後片付けをすませ、三井はあちらの班の車崎という演者と飲み物を買いに管理棟の自動販売機までむかう。だれも何も言っていないのにモトキは勝手に炭火をさわって勝手に火傷をしかけ、私有地だからという理由で無免許のままキャンプ場で車を乗りまわしているメンバーたちもいた。キャンプ場はわたしたち以外に客はいないようだ。ランタンに虫が衝突し、燃えつきかけた炭火のパチパチ弾ける音が聞こえる。鳥がとびたったのかコテージの裏手

の暗闇から枝が激しくしなるような音が鳴る。だがその音を聞いたものはだれひとりいない。

夜も深くなったころに、ミミとモトキのあいだで水の入ったコンドームの投げあいが始まった。モトキはなぜか下半身丸出しだ。モトキがびしょ濡れのまま逃げまわるのに対して、ミミは微動だにしない。顔面にコンドームが直撃しようが怯むことなくバケツに入った自分の弾を投げつづける。恐怖に駆られてモトキがすっころぶと、うつ伏せになったモトキの尻にむかって空襲かのようにミミがコンドームを落としていくが、まわりの観客も安心してはいられない。テント下でへらへら笑っていた三井にも被害が及ぶと、広場にひきずりだされてそのまま場外乱闘が始まった。ミミはうおーと叫びながら自分で自分の頭をコンドームで殴った。もうなにがなんだかよくわからない。

そのとき朝倉がそっと席を立った。音を立てないように静かにパイプ椅子をテーブルにもどすと、ランタンの灯りから一歩外へ踏みだして夜空を見あげた。肌寒いのか両手で二の腕をごしごしとこすっている。そのまま斜面を下っていくと、朝倉は騒々しい広場を避けるように薄暗いコテージのほうへ消えていった。そんな朝倉の姿をキリタニだけが目にとめていた。キリタニは燃えつきた炭火を手持ち無沙汰そうにトングでいじっていた。いつもああだ、キリタニは思った。こういうノリ、だれかがふざけて脱いだりするような男臭いノリに、あいつだけは絶対くわわろうとしない。

澄ましてやがる、キリタニは思う。陰のある自分を演出しやがって。自分の繊細さを周囲にアピールしながらハイハイそういう野蛮なノリには入りませんよとでも言うつもりか？　もちろん男たるものチンコのひとつくらい出すべきだなんて思わない。だけどお笑いとは本来が業の肯定なはずで、プライドや自尊心なんかを投げすてて恥を晒すことこそがお笑いという営みのはずで、なんというか、ああしてあからさまに距離をとられると、こっちも遠慮するし気を遣うし、あれ体調でも悪いのかなと思うし、とにもかくにももっと朝倉は平場でも泥臭く笑いを狙うべきで、それをしないでスカしている朝倉のことをムカつく、と思うのだ。そう、朝倉はムカつくのだ。あまりにも単純な結論にちょっと自分でも愕然とするほどだがそれでも朝倉はムカつくしその感情に嘘はひとつもないはずだ。澄ましやがって。何回でもそう思う。ああいうやつこそ裏ではこそこそ女演者やスタッフをたぶらかしてるものなのだ。ナナミは言う、片耳にだけ開いたピアス痕がエロすぎてまっすぐ目を見れない、と。バカバカしい。エロいだかなんだか知らないが、気取ったふりばかりしてないで朝倉はこういう内輪の場でも貪欲に笑いを狙っていくべきなのだ。

広場からとびちる飛沫がコンロの灰を黒く濡らす。トングの先で炭火を崩して橙色がかった火種を外の空気にさらしながら、とはいえ、とキリタニは思う。というかこれがいちばんの問題なのだが、このサークル内で朝倉は後輩女子から恋心を抱かれ、ほかの演者からも一目置かれているというのに、おれにはまったくといっていいほどそういう気配がない。後輩から尊敬されてる気配もないし、なにか気の利いたコメントをしてもほとんどウケることがない。さっきだってそうだ。モトキと車崎が森のなかに隠れて何かしらのキャラクターを演じながら登場するノリのときだって、ミミが野次をとばせば誰もが笑うのに、おれが野次をとばしたときだけさっさと愛想笑いでお茶を濁しておこうというように空々しい笑いが立ちのぼってはすぐにしんと静まりかえる。この目には見えない格差はなんだ？　キリタニの言うことには心底笑わないようにと警察からお達しが来ているみたいじゃないか。もちろん原因のひとつとしてミミがいるのは間違いないだろう。あいつが陰でこそこそ悪口を言っているのをおれは知っている。恐ろしいことにあいつは一年のときのおれの言葉をまだ根にもっているらしいのだ。「女はおもしろいじゃなくて、エロいが勝っちゃうから」とのことだが、断じてそんなこと言っていない。正確には「男にはチンコがあるけど、女にはチンコがないからな」と言っただけだ。いや、これも全然ダメだな。なるほど全然ダメだ。こっちのほうがダメかもしれない。にしてもたかが飲みの席で冗談として言ったことだ。いい加減根にもつのはやめてさっさと水に流したらどうなのか。

炭火をいじくるのをやめ、広場での乱痴気騒ぎから目を離すとテント下のデッキチェアではハタナカとナナミが楽しげに話している。話題はどうやらゼミの教授の悪口らしい。ハタナカはふてぶてしそうに笑いながら砂を口に運び、それを完全に無視したままナナミは上目遣いでグレープフルーツサワーを飲む。一体なんなんだこいつらは、キリタニはげんなりする。おれはもしかしたら夢でも見てるんじゃないか。初日にハタナカが道端の砂を食べたときはやりすぎな冗談かと思ったが、それを七日が経ったいまでも平気で続けているのはさすがに怖すぎる。もうだれも笑っていない。恐ろしい。どんなモチベーションで砂を食べてるのか意味がわからない。見たところ、ナナミは明らかにハタナカに色目を使っているようだ。合宿で同じ班になった男女が恋愛関係になるのはよくあるといえばよくあることだが、しかしたしかナナミは他の大学に彼氏がいるんじゃなかったか。別れたのだろうか。それとも別れてないうえでハタナカに色目を使っているのだろうか。まあナナミはどちらかといえば好色なほうだし、サークル内にいざこざを起こさなければ他人の恋愛沙汰に口を挟むなんて野暮なことはしないが、いやいやいまおれが言いたいのはそんなことじゃなくて、彼氏がいるだとかそんな話の以前に、ハタナカ、あいつはいまどう考えても砂を食っている。ナナミ、目を覚ませ。いまお前の目の前にいる男は砂を食ってるんだぞ。声を荒らげながらナナミの肩をゆすぶりたくなる衝動を必死で抑えるが、そうしているうちに、ナナミまでが指先につまんだ砂を口に放りこんだように錯覚して、このままここにいると頭がおかしくなる、ちょっと頭を冷やしてこようと思ってテントの外に出ると薄暗い管理棟のほうへとぼとぼと斜面を下っていった。秋のようにひんやりした冷気が肌を包みこむ。土から露出した木の根に足をとられ、とっさに片足でバランスをとるとジャリリという音が聞こえたので恐怖のあまり背後をふりかえった。

管理棟の前まで来ると、窓灯りはすべて消されている。ポーチに置かれた自動販売機だけが明るい光をともして、無機質なその光に吸いこまれたように蛾やコガネムシたちが陳列棚の窓にわらわら群がっていた。自動販売機の脇には蜘蛛の巣がある。タバコに火を点け、ポーチの段差に腰かけながら、にしても毒グモというのはやりすぎだ、空中に糸を張るなどというとんでもない技術をもっているのに、さらに毒をもっているなんていくらなんでも強すぎるなどと無意味な連想の糸をつらつら辿っていると、そのとき管理棟脇の通り道をぼんやりした人影がとおりすぎたのに気がついた。朝倉だった。朝倉はこちらに気づかないまま道の真ん中で立ちどまると、数秒間足元をじっと見つめ、それからまた歩きだすと向かいの木立の陰に姿を消した。

あのさきはたしか給水施設があるだけのはずだ、キリタニは思う。いや、ボイラー室だったか。さっき地図で確認したはずなのだがとにかくこんな夜中に朝倉が行くべきところはひとつもないはずだ。ポーチから立ちあがって怒鳴るように朝倉の名を呼ぼうとしてみるが、小さな夜虫のささめきか、自動販売機の低くうなるような作動音が喉につっかかえて思ったように大きな声が出ない。枝がぴしりと割れる音がする。自分のひゅうひゅうした喉の音だけがやけに耳につく。一応おれも幹事長だ。公共施設で問題をおこされて活動停止にでもなったらたまったもんじゃない。管理棟脇に出て朝倉の消えていった道をスマホのライトで照らしてみるが、朝倉の姿はない。小さく舌打ちをし、吸いかけのタバコを爪先で踏みにじるとキリタニはぬかるんだ泥道に一歩足を踏みだした。街灯ひとつない暗い細道だった。夜虫や鳥のささやくような声が周囲をとりかこんでいた。

朝倉は一体どこに消えたのだろう、キリタニは思う。一本道がひたすら続いていくだけで、森のなかには人間が通れるような脇道はひとつもない。スマホのライトをふりまわすと、木の根をおおうシダ植物、裏返しになった蟬の死骸、前日の雨で湿ったままの落ち葉。幽霊や怪談を信じてるわけじゃないが、人間も動物なのだから本能的に暗闇を恐れるものだ。さっさと朝倉をとっつかまえてバーベキュー場にもどることにしよう。そう思ってスマホで足元を照らすと、ライトの真ん中をトカゲらしき影がちょろちょろとおりすぎていった。風も吹いてないのに、吐息のような感触がふわりと首筋を撫でた。

恐るおそるとしばらく暗闇のなかを進んでみたものの、朝倉の姿はない。ライトを照らしてみたところで十メートル先は真っ暗だ。鳥が突然とびたつ音が聞こえる。ときどき海藻を踏んだような泥の感触に足をとられそうになる。黒い水銀のなかを歩いているようだ。あと少しだけ歩いて朝倉がいなかったら道を引きかえしたほうがいいかもしれない。そう心に決め、泥道にのこった朝倉の足跡を探そうと視線を落とすと、突然開けた道の地面を明るい光が照らしているのに気づいた。バカバカしい、キリタニは思う。山奥とはいえたかが昼間は人のいるキャンプ場だ。もしや巡りめぐってバーベキュー場にもどったのかもしれない。それとも夜遅くまでやってる売店とか。ほっと一息つき、スマホのライトを消して小走りのまま人の気配のする広場まで駆けていくと、角を曲がった先にはマクドナルドがあった。真っ暗な森の片隅に、明るい光を放った三階建てのマクドナルドの建物がどっしりそびえていた。

ずいぶん手の込んだドッキリだという考えが一瞬だけよぎるが、いやそんなわけがない。たかが大学生のドッキリで、山奥のこんな場所にマクドナルドが建てられるわけがない。レジには見慣れた制服の店員たち、壁ぎわのテーブル席にはポテトをつまむ客の姿、窓ぎわのカウンター席にはバンズを両手にもった朝倉がいた。さっきバーベキューをしたのにどうしてハンバーガーなんか食べてるんだ、キリタニは苛立つ。しかもあれはソーセージマフィンだ。無茶苦茶だ。どうしてこんな夜遅くに朝マックのメニューが提供されているんだ。ベンチに座ったドナルドの陰からキリタニは腹立たしい思いで店舗のなかを覗いていたが、にしても、マクドナルドを最後に食べたのはいつだっただろうかとふと疑問に思う。たしか高校生のとき以来食べていない。高校時代はマックに入りびたって部活の仲間と何時間も暇を潰したものだ。なのに大学生になってからはマックを見かけても斜にかまえながら足早に店の前をとおりすぎるようになってしまった。そういえば子供のころはマックで豪遊することが夢だった。一体、おれはいつからマックと距離を置くようになってしまったのだろう。そんなことにキリタニがつらつらと思いを巡らしていると、トイレにでも行ったのか朝倉はいつのまにか窓際の席からいなくなっていた。次の瞬間、キリタニは店内にいた。目の前では店員の女がレジのむこうから笑顔を投げかけていた。

「いらっしゃいませ」丁寧にお辞儀をしながら店員が言った。「本日は店内でお召しあがりでしょうか？」

「え、じゃ、あの」キリタニはカウンターのメニューを見下ろして言った。「じゃ、テイクアウトで」

「ご注文の商品はお決まりでしょうか？」

「じゃあてりやきバーガーとポテトのMで」

「かしこまりました。ただいま三十円マイナスでドリンク付きのセットもご注文できますが」

「じゃ、それで。スプライトで。あ、氷って抜いてもらうこと出来ますか？」

「もちろん可能でございます」店員はニッコリ笑って言った。「それではお会計六七〇円でございます」

商品を受けとり、店から出るとキリタニは清々しい心地だった。ときどきはマックもいいもんだ、キリタニは思う。たしかにジャンクかもしれないし、他の飲食店と比べると身近すぎて特別感もないかもしれない。だけど誰しもがもつハンバーガーの原体験はマクドナルドにあるんじゃないか？　ちょうど東北のご当地グルメにも飽きてきたころだ。合宿の昼飯はこれから全部マックにしようと提案してもいいかもしれない。来たときは随分長かった道のりも帰りはあっというまだった。管理棟の横手の道から斜面を真っ直ぐのぼっていくと、やがてテントにかかったランタンの暖かい光が見えてきた。ミミたち何人かはもうコテージに戻ってしまったらしい。テントの下では朝倉たち何人かが酒を飲みながらまだ話しこんでいるようだった。「あれ、朝倉」キリタニは不思議に思って言った。「マックにいたんじゃないのか」そう言うと朝倉は眉をひそめ、訳がわからないというようにキリタニの顔をしばらく見つめていたが、

「ああ、マックね」と突然得心したように言った。「旅行中に二回くらい行ったたな、たしか。三井はぶつくさ文句言ってたけど。ほら、子供のころってマックで豪遊するのが夢だったじゃん。いまバイトとかしてそこそこ金もあるから、じゃあその夢叶えようかってことになって」

と朝倉は笑い、楽しい思い出をふりかえるように言ってきたので、こいつらとは意外と気があうのかもな、と親密さに浸るようにキリタニは思った。

7

翌朝、キャンプ場を出発するとわたしたちは道の駅で昼食をとった。ふたつの班はここで別れ、残りの三日間はのこされた公演をこなしながらそれぞれ東北を巡っていく予定となっている。とくに感傷やこみあげる想いがあるわけでもない。どうせ合宿が終わったらすぐに飲み会がある。そこで酒を飲みながら合宿中にあったエピソードをおもしろおかしく誇張して話したりするのだろう。それに合宿は東北班だけじゃない。九州や四国でもわたしたちと同時に病院や老人ホームを巡業している班があった。別れる直前、わたしたちは近況を聞くため九州班のひとりに電話をかけた。電話はすぐ繋がったものの、回線が混雑しているのかやけに声が聞きとりづらい。市場のようなざわめき、異国情緒あふれた耳慣れない言語があたりをとびかう。声がとぎれ、白紙のような数秒間の沈黙のあとにようやく、マリファナを合法で吸えるバーを発見した、というあちらの声が聞こえてぷつんと電話が切れた。妙に素っ気ない挨拶をすませると車に乗りこんでわたしたちは最後の公演をすませに岩手へ車を走らせた。昼食の肉うどんを食べているあいだもハタナカはチェイサーのようにちょこちょこ砂をつまんでいた。朝から具合が悪いといってキリタニは昼食のあいだずっと車内で寝こんでいた。

八日目の宿は、病院が用意してくれた現在は使われていない五階建ての古い別棟だった。長い渡り廊下をわたって部屋まで案内してもらうと、六畳の和室がふたつ、意外と部屋は清潔にされてはいたものの空気はジメッとして風も吹いてないのにときどきカーテンの裾がひらりと揺れた。八日目のドッキリは部屋の押し入れの奥に朝倉が自作したお札が貼られてあるというベタなもので、さすがのユカリも苦笑いを浮かべながら先輩たちの猿芝居にしばらく付きあっていたが、夜になって院内が真っ暗になると、大学生としての義務感に突きうごかされたのかモトキ発案で肝試しが行われることになった。全員で行くことを条件にミミも参加し、最上階にある部屋から順繰りに下りていきながら真っ暗な夜の病院を見てまわったが、一階ロビーにユニクロの紙袋が落ちていたこと以外にとくに目ぼしい事件はおきず、モトキによる霊媒師キャラも不発で、あれこれ冷やかしながら部屋までもどると拍子抜けしたまま全員布団にもぐりこんだが、次の日の朝、病院を出発したときひとつ忘れ物があった。押し入れのお札を回収するのをすっかり忘れていたのだ。長い年月をかけてお札は朽ち、文字もかすれて紙も変色し、やがて本物と見紛うような不気味さをあらわしだしたが、十三年後、別棟を壊すことになった際に視察に来た建設会社の作業員がそのお札を発見して背筋を凍らせることになるのをわたしたちは知らないし、知るよしもない。

合宿は今日をふくめてあと二日だ。公演もすべて終わったのでこれからは二日間かけて東北地方を南下していき、途中で観光地や名所をめぐりながら明日の夕方には大学街のレンタカー屋に車を返す予定となっている。旅行ももうおしまいだ、助手席でミミは思う。観光やおふざけのノリもしつくしたし、みんなだいぶ疲れている。みんなさっさと家に帰って自分のやわらかい布団にくるまりたいことだろうけど、この旅行中にひとつわかったことがあって、それは決定的な瞬間風船がふくらむみたいに徐々に自分のなかで大きくなっていった確信なのだけど、たぶん、三井のやつは芸人になりたがっている。べつに三井はなんにも言っていない。だけど、いまはわかる。理由もなければ誰かに説明できる根拠なんかもないけどこうやって九日間も狭い車内でおなじ時間を共有してたらそんなこと自然とわかってくるものだ。息を吸う速度や、鼻歌の大きさ。声色やまなざしなんかの感情の在処をしめすような仕草がこの九日間でたくさんあたしのなかに溜まったような気がする。あたしはそのことがなによりもうれしい。むせかえるほどに濃い時間をすごせたことが。たぶん、あたしは三井のことを死ぬほど応援するだろう。将来もし賞レースの舞台で三井を見ることがあればひとりでこっそり泣いたりするかもしれない。だけど三井はあまりおもしろくないから売れないだろう。というかたぶん売れない。絶対売れない。三井が売れるには相当な手腕と才能をもった相方が必要だろうけど、まあそんなことはどうだっていい。売れたら売れたであたしの後輩なんだよと周囲に自慢するだけのことだ。

もう九日目なので車内の会話はだいぶ停滞気味だ。朝倉は眠そうだし、ユカリは後部座席でさっきから自分の手の甲ばかり眺めている。窓をのぞきこむと、竹林のあいだから木漏れ日の影がざっと顔を撫でつける。シートに背中をうずめながら、くいと鼻を持ちあげ、鮮やかな光線のにおいを嗅ぐようにぼんやり深緑色の車窓を眺めていると、そのとき竹林のあいだを透明なきらめきがよぎった。川だ。そのまま車を走らせていくうちに、人気の少ない田舎道はやがて水底の浅いなだらかな小川と合流した。川が見えちゃあしょうがない、ミミは思う。明日はどうせ東京までずっと高速だ。天気もいいことだし最後の最後に一浴びすることにするか。ミミが車から下りると、三井やモトキもそれに続いた。土手を駆けおりて水面にとびこみ、そのままの勢いで上流の方へ走っていくとモトキは前のめりの姿勢で派手にすっころんだが、後部座席に座ったままユカリはさっきからぴくともうごけないでいた。生理はおととい終わったはずなのに、ついさっき経血が漏れた。車内の空気を入れかえようと窓を開けたとたんに唐突に漏れた。薄茶色のワンピースで、レギンスは穿いていなかった。シミが付いてないかどうか慌てて尻の下を指でさわったとたん、またどろりとした不快感が股をよぎった。

まずい、ユカリは思った。こうした月経不順、終わったはずの生理がいつまでもだらだら続くようなことは中学時代は何度かあったものの、ここ数年はほぼなかったし、よりにもよってサークルの人たちと旅行をしている最中に起こるとは思いもよらなかった。とりあえずワンピースにシミは付いていないようだ。いまのうちにどこかでナプキンを装着しなくては。するりと車外に抜け出して、荷物をとりだすためこそこそ姿を隠すようにトランクの裏へ回りこむと、急に立ちあがったせいか一瞬くらりと気がとおくなった。車のボディに脇腹をよりかけながらしばし息を整える。ミミさんがモトキさんを水中に引きずりこむと飛沫で岸辺が黒く濡れる。土手の反対側は畑だ。ビニールハウスの屋根がちらちら目に痛い陽を反射している。

まったくいい気なもんだ、ユカリは苛つく。人の体調も知らずに、ミミさんたちときたらバチャバチャ水のなかで青春ごっこときてる。三井さんも三井さんだ。班長だったらミミさんばかりじゃなく後輩女子の顔色くらいうかがったらどうなんだ？　姿勢を立てなおそうと木の幹に手をつくけど、力がうまく入らない。貧血だろうか？　貧血なんて小学校の林間学校のとき以来だ。炊事場のとなりの花壇、猛暑の下で友達とひまわりの種を集めていたとき突然目の前が真っ暗になった。真っ暗になる前兆も倒れる気配もなかった。気がついたときには目の前には保健室の天井があった。だけど、おかしい。林間学校なのにどうして保健室なのだろう。林間学校はどっかの山奥だったはずだ。額から汗が垂れ、じわりと眼球に染みこむ。赤ん坊が一番最初に見た景色みたいだ。息が荒い。竹林から湿った土のにおいがただよい、さっきから指先だけが冷たい。

大丈夫？　と隣で朝倉さんが声をかけてくる。大丈夫です、と無理な笑みをうかべて答える。病人特有の空元気だ。病人特有の空元気だと朝倉さんも思っているのがその呆れた苦笑いからわかる。にしてもどうして保健室だったのだろう？　思いだせない。天井を走るいくつかの光の筋、消毒液と汗のまじった甘いにおい。ピンク色のカーテンがゆれて電池の極を舐めたときみたいに舌さきが痛い。ほかの記憶とまじっているのだろうか？　だけど小学校で倒れた記憶もない。枕元のパイプ椅子には保健の先生が座っている。白衣の裾を揺らし、逆光で顔を真っ黒にさせながら先生はあたしの鼻をとんとふれる。鼻にふれた先生の指さきは冷たかった。死んだ人みたいな冷たさだ。その冷たさが顔全体にひろがり、首元まで伝わり、全身を包みこむとともに記憶もどんどん混濁していくようだったが、いや、これは先生の冷たさじゃない。いま、ここにある冷たさ。土手の下の川からとびちった水の冷たさだ。ふと我に返って、自分の現在地をとりもどそうとぼんやり土手の光景を見まわしていると、そのとき太ももを伝う不愉快な生温かさを感じた。血だ。もれてしまった。朝倉さんの目の前でなんてことを。顔を青ざめさせ、慌てふためきながらユカリはワンピースにひろがる真っ黒いシミに目をやったが、それはどう見ても経血ではなかった。シンプルに、疑いようもなく、ただのおしっこだった。どういうこと、ユカリは不思議に思う。なんであたしおしっこもらしてんの。薄茶色の生地が真っ黒いシミにおおわれる。怪訝そうな顔をした朝倉が眉をひそめ、視線を下に落とし、くるぶしまでしたたった金色の液体に目を細めようとした直前、ユカリは土手を駆けおりてとっさに水面のきらめきに全身をとびこませた。飛沫があがると、一瞬だけなにも見えなくなった。さっきまでの股のあいだの生温かさもすぐに透きとおった水の冷たさにとってかわった。

　水底だけ暗くて、あとは明るかった。水の透明度は乱反射する光に巻きこまれたまま少しも濁らない。ミミさんにシャツを剝ぎとられたのか三井さんは上半身裸だ。「仕返しできないのをいいことに」と三井さんが文句を言うとミミさんが全裸になろうとしたので慌てて全員でとめた。竹林の下生えをとりかこんでいるのは七色の虹だ。だが見ようによっては三色しかないようにも見える。川床の藻に足をとられたミミさんがすっころぶ。助けおこそうと手をさしのべると、逆側から思いきりひっぱられてふたりして派手に水中に倒れこんでしまった。気泡が頬をちらちらよぎるのを感じる。小魚みたい。目は閉じたままだから小魚かもしれない。水中を転げまわっているあいだもミミさんはこちらの手を握ったまま離そうとしない。冷たい水のなかでも誰かの体温を感じることができるのはどうしてだろう。

岸辺にあがり、息を切らしながら五人で話しあった結果、カニとはこの川辺で別れることになった。竹林の湿った落ち葉に放したあともミミは名残惜しそうにしばしカニのことを見つめていた。しかしカニはミミのことなどもう眼中に入っていなかった。水のにおいに誘われるように岸辺のほうへ歩いていくと静かな波のなかでじっと甲羅を休めだした。着替えをした場所は十分ほど車を走らせた先にあった公衆トイレだった。びしょ濡れのまま車から下り、トイレのなかでナプキンを装着しながら、あたしだけの秘密だ、とユカリは思った。このことはだれにも言わないでおこう。あたしはおしっこを漏らした。それは間違いない事実だ。だけどおしっこを漏らしたのを隠すために水にとびこんだのは、あたししか知らないあたしだけの秘密だ。そう思うとユカリは着替えをすませ、何事もなかったかのように皆と合流したが、じっさいユカリはこのことを死ぬまでだれにも言わなかった。ミミや朝倉たちとの飲み会でも言わなかったし、涙半分でサークルを引退したときも言わなかった。ただ、ときどき思いだした。散歩中にきれいな川辺をとおりかかったり、十三年後に産んだひとり息子が道端で突然おしっこをもらしたときに唐突に思いだした。そのたびにユカリはニヤニヤ思いだし笑いをした。「ママ、きもちわるい」と子供に言われたりもした。「ごめんねえ」と言って息子のパンツをとりかえるとまたニヤニヤ思いだし笑いをした。

着替えをすませ、ふたたび車を走らせるとミミとユカリは眠ってしまった。車内はしんと静かだ。朝倉は後部座席で窓に頭をもたせて黙りこくり、助手席に座ったモトキと三井だけがときどきぶっきらぼうな口調で会話を交わす。ミミは濡れた髪の毛をバスタオルでおおい、ユカリは窓に頭をもたせかけながら小さく胸を上下させている。シートに染みこんだ水の跡が冷たい。どこまで車を走らせても窓の外はビニールハウスの立ちならぶ田舎道で、助手席に座ったモトキはさっきから眉間に滲むとけこむような睡魔に耐えていた。どれだけ力を入れようがまぶたの筋肉が言うことを聞かない。だが眠るわけにもいかない。三井だって疲れているし、また事故をおこされかけたらたまったもんじゃない。おれは五日間だけど、三井たちは九日間だ。九日間というのは長い。きっと三井だってさっさと旅行を終わらせて、ひとりで昼過ぎまで寝たい気分だろう。

三井とは同期だ、モトキは思う。おなじ年にサークルに入って、いままでコンビを組んだこともあるし同期だけでやるライブのときは朝まで企画を練ったこともある。ネタを書く才能がお互いにチンカスくらいしかないのですぐにコンビは解散した。そのとき若干言いあいになったり、険悪というよりかはこれ以上お互いのことを嫌いになりたくないような気分で飲み会の席でも一緒にならないように無意識に避けていた時期もあったせいか、距離感というものが先輩のミミさんや朝倉さんたちとだいぶ違うような気がする。べつに喧嘩をしたわけでもないから仲直りする必要もない。いまも口数は少ないが気まずいというよりも、ああ、隣に三井がいるなあ、あいかわらずデブだなあ、という感じがあるだけだ。おれがなにか言い、三井が素っ気ない空返事をする。三井がなにか言い、おれが空返事をすると眠たげな西日がちろちろまぶたを撫でる。

これは誰にも言ってないことなのだが、じつはおれは免許をもっている。しかも国際免許だ。留学準備のためについ先月に申請をしたところなのだけど、事故ったときの責任を負いたくないし助手席に座って音楽でも流しといたほうが絶対に楽だし、責任感だけは強い三井に放りなげられるのなら放りなげとこうという気分でいままで内緒にしていたのだが、いまになってそういう小賢しさ、先輩から可愛がられながらも好きなことしかやりたがらない自らの末っ子気質とやらにそろそろ自分でも嫌気がさしてきた。どうしようか、モトキは悩む。運転を代わってやるべきか。いや、面倒くさい。いまになって国際免許証をとりだしたらめちゃくちゃブチギレられるかもしれない。それにおれはいま眠い。運転を代わって事故ったら元も子もない。どうしようか。もっと早く言うべきだった。腹が立ってきた。なんでこいつは太ってるんだ。

そんなことを考えながら三井の横顔をぼんやり眺めていると、窓から西日がさしこみ、ゆっくり満ちていく光が車内をすっと飴色に満たす。三井の髪の毛がくっきり輪を描き、薄紫色の斑点がゆっくり視界の端をただよう。背後からはユカリの寝息が聞こえる。エアコンのカビ臭い冷気が耳元にほつれた髪の毛を揺らす。うっすら目を細めてそのまま運転席を見やっていると三井の鼻先で一瞬だけ緑色の光がまたたくが、西日がざっと葉の茂みに薙ぎはらわれるとその正体はもうわからない。三井はいまなにを考えてるのだろう、モトキは思う。どんなことを考え、どんなことを感じながらいまこうして運転席に座っているのだろう。くだらないことかもしれない。金玉のことかもしれないし、どうして男はこうも情けないことに黒髪ボブの女が好きなのかといった未解決の問題についてかもしれない。だが、おれはこの距離をしばらくは忘れないだろう。さまざまな色や音やにおいがもぐりこんでくるこの距離を、たぶんしばらくは忘れないだろう。たかが五十センチしかないのに、とほうもない距離だ。おれしか見ていないし、おれ以外にはなにも感じないだろうこの距離のことを、いつか忘れてしまうときまで、しばらくは心にとめとくことにしよう。

「眠っていいぞ」そのとき三井が言った。「べつに事故ったりしないから」さすがは班長だ、モトキは思う。すまんな三井、今度お前のこと陰で褒めとくから。座席にもたれかかるとモトキはこくりと首を傾ける。目をとじると、西日のなかに意識がほどけ、どこまでが西日なのかわからなくなる。

その日は、古民家を改築したような福島にある格安の宿に泊まった。トイレは共用で、風呂はなかった。近場の銭湯で汗を流し、部屋にもどるやいなや九日間の疲れがどっと押しよせて酒も飲まずに全員が倒れこむように布団に潜りこんだ。宿があるのは町の外れにある神社の隣だった。庭先には深い雑木林が生いしげり、土埃のかぶった瓦屋根の軒先にはしまいわすれた七夕の吹き流しが飾られている。玄関先には空っぽの水瓶があった。中身をのぞきこんでみると底には落ち葉や土埃がたまり、片隅にかかった蜘蛛の巣で小さな蛾が死んでいる。

8

思いだせないのだ、朝倉は思った。どうしても、思いだせない。

どうやってここまで来たのか、どこへ行ってなにを見たのか、この十日間でだれにどんなことを言われてどんなことを言ったのか、恐らくあったとされる、あったはずのもの。思い出だったり記憶だったり、そんなふうに呼ばれ、呼ばれることになっているはずのものが、おれにはわからない。わかるときもある。だけどいまはわからないというときの、いまという現象がよくわからない。言うことも思うことも書くことだってできる。なのにそこだけぽっかりとした空洞のように感じるのは一体どういうわけか。

蔵王の山奥のホテルに泊まったときのことも思いだせない。食事をすませ、たしか他のみんなは風呂へ出かけていったはずだ。そこまでは思いだせる。だが、おれは気づくとホテルの裏手にいた。なぜか。わからない。左手には従業員入口や食堂の窓、橙色の光がともった竹の仕切りのむこうからミミの笑い声や三井の悲鳴が聞こえてくる。なるほど、浴場の裏手だ。おれはいま浴場の裏手にいる。たしかひとりになりたくて、暗いホテルの脇道をぶらぶら歩いてたらたまたまそこに辿りついた。偶然だ。そこでおれは何をしたか？欲情したかもしれない。勃起した。血が熱くなった。だが、とくに何かしたわけではない。そのままそこを去ると腕にとまった蚊を殺しながら元来た道をもどった。たしか、つまらない、と思った。自分が男であること、男でなくてもいい、男でも女でも、性別をもった存在であるということが、心底つまらない。浴場と欲情をかけてることとくらいつまらない。露天風呂からはミミとユカリの笑い声が聞こえてくる。きっとなにか楽しいことがあったのだろう。楽しいのはいいことだ。ホテルのフロントをとおりすぎて薄暗い廊下に足音を響かせながらがらんとした男部屋にもどった。トイレにこもって真っ青な精液をぶちまけるとさっぱりした心地で他のメンバーを迎えた。

つまらないというのは便利な言葉だ。殺人も強盗も強姦も虐待も放火も戦争も差別も飢餓も悪とされるのはそれらがすべてつまらないからだ。ナチスドイツはつまらない、スターリンはスベっている。以上。わかりやすい図式だ。だとしたら何故おれはこんなものを？　いつになったら去勢すればいいのか？　毎朝起きるたびにおれは自分の凡庸さに打ちのめされることになる。悪のつまらなさ、悪の凡庸さ。おれは自分の金玉が潰されていく瞬間を見たいと思う。二回とも。もし可能であれば三回でも四回でも。だが、痛いのは嫌だ。どうして人間はこんなものを体外にぶらさげているのか。生物として欠陥としか言いようがない。

ときどき、ミミの腹を殴る夢を見る。これまでにも六回見た。いや七回かもしれない。少なくとも五回以下ということはないはずだ。下腹をおさえながらミミは力なく床にへたりこむ。のどから激しい呻き声がもれる。胃液の色は黄色い。レモンのような鮮やかな黄色だ。ミミは上目遣いでおれの顔を見あげる。唾液に濡れた顔にへつらいが浮かんでいる。そんな顔をするな、おれは思う。お前みたいな女がおれみたいな人間にそんな視線をむけるな。怒りに駆られ、果物の皮を剝くようにミミのシャツや下着をくるりとむしりとるが、マネキンみたいに媚びへつらったミミの目は変わる気配がない。怒りはどんどんふくらみ、吐息は熱くなり、どうしてか涙が出てきて、深夜遅くに目を覚ますと、案の定おれは夢精している。浴室にこっそり向かい、シャワーを当てて自分のパンツを洗う。下半身は裸のままだ。窓からさしこむ早朝の光は青い。玄関先からは新聞配達のバイクの音が聞こえてくる。

おれはどうすればおれの友達を傷つけないですむだろう。どうすればこいつらと友達のままこの旅行を終えることができるのだろう。どんなことがあろうとミミたちを傷つけてはならない。三井やモトキに軽蔑させてはならない。そのやさしさを裏切るような真似だけは決してしてはならない。眠れない夜のなかで思考が空転する。宛先のない言葉、色のない記憶。カニも一緒に入れるかな、秘宝館への道中でミミが言う。ネットではペット禁止って書いてありましたよ、三井が言う。大丈夫、もしダメだったらめちゃくちゃブチギレるから、ミミが笑う。マジでやめてくれ、おれも笑う。

車に乗っている時間は幸福だ。くるみこむように肌の稜線がほどけ、この時間だけは自分という人間はどこにも存在していないという錯覚に浸れる。ミミがカーステレオで音楽を流す。ユカリが鼻歌を歌い、三井は緊張気味で、杉崎も音楽にあわせてときどき指で太ももを叩く。車内の会話に身をうずめながら、おれは、ここ、と内心呟く。ここ、ここ、ここ、と。徐々に移りゆくことという場所とともに、おれという座標はサービスエリアや植物園や藩主の旧家屋といった長い旅路のなかにひきのばされては薄められる。信号で停車するたびに、ミミは三井のシートベルトを外す。ぶつくさ文句を言いながら三井がシートベルトを装着する。次の信号でまたミミはシートベルトを外す。ため息をつきながら三井がシートベルトを装着しようとした隙におれは背後から三井の髪の毛をもみくしゃにする。

だが、ユカリは何を知っていたのだろう。たしかモトキが来た日のことだ。朝倉さんって、ミミさんと話すときだけ表情変わりますよね、あたしそういうのすぐわかっちゃうんです、占いとか結構得意なんですよ、そういうこと言うとバカにされそうだから内緒にしてますけど。おれはどんな顔をしてミミに接しているのだろう。凡庸な顔か、夢のなかでミミが浮かべるような媚びたへつらい顔か。おれはまた眠れなくなる。栗の花のようなにおいが暗闇からただよう。あの夢を見たくない。あの夢を見たという痕跡をこの記憶のなかに残したくない。夜の真ん中で目を光らせながら二段ベッドの上段で息を潜める。そのとき隣のベッドで杉崎の大きな屁の音が鳴る。暗闇に鋭い針で穴を開けたような音だ。下段で三井が焦り、おれは毛布の下で小さく笑う。目をとじ、安心しながらおれはようやく眠りにつく。

記憶が混濁しているかもしれない。たしか杉崎の屁の音を聞いたのは初日のことだ。いや、ユカリと話したのは初日だったか。もしくはそのときにはまだ聞いてもないユカリの言葉を思いだしていたのか。わからない。思いだせないことばかりだ。その思いだせない隙間、過去と過去とが重なる薄暗闇のその死角でおれはとりかえしのつかないことをしてしまったんじゃないか。思いだせない。どうして思いだせないんだろう。なにか決定的な出来事があったはずだ。たしかに耳にしたはずの音も嗅いだはずの香気も、どんどんこの夜からとおのいていく。

たしか他の班とコテージに泊まった日があったはずだ。丘の斜面の、古びた木材でできたあの。バーベキューをし、洗い場でナナミと一緒に後片付けをした。相変わらずナナミはよそよそしかった。なにか悪いことを言ってしまったのではないかと不安になった。後片付けを終えると、テントの下は祭りのような雰囲気だ。椅子に腰かけ、まるで深海から陽光をのぞきこむような心地で頭上のランタンの灯りを見上げていると、広場でミミと半裸のモトキがじゃれあいを始めたのでおれは早急にその場から離れた。吐き気がした。おれに暴力を行使させせようとしているのは一体だれだろうと不思議に思った。だがコテージ裏の崖の斜面に腰を下ろし、暗闇のなかに身を潜めているうちにやがて穏やかな心地をとりもどした。湿った土のにおいが立ちのぼり、夜虫たちの囁くような鳴き声が聞こえた。まるで昼間のまばゆい光と完全に一致したような暗闇だった。騒ぎがおさまったころを見計らっておれはバーベキュー場にもどった。そこにキリタニがやってきた。さっきまでおれがマクドナルドにいたとキリタニは言った。みんなが笑ったのでおれも笑った。キリタニはおもしろいやつだ。こんな山奥にマクドナルドがあるわけないじゃないか。

妙な違和感がある。そんな光景を、マクドナルドのカウンター席に座ってひとりでハンバーガーを食べるという脈絡もない場面を、おれはいつか夢で見たことがあるような気がする。窓の外は暗闇だ。その暗がりからさっきからこちらの様子をちらちら窺う視線を感じる。いつ見た夢だろうか。わからない。キリタニの話を聞いたあとにそんな夢を見たという過去を捏造しただけか。偶然だろうか。偶然じゃなかったとしたらどういうことだろうか。そんなものに原因や必然があるとしたらどういうことか。

いやちがう。全部嘘だ。コテージの裏手で穏やかな時間などすごしていない。ミミとモトキのじゃれあいが始まるとおれは席を立った。さっきからキリタニがこちらを見ていた。無言のままキリタニの目の前まで歩いていくとニヤニヤしたその鼻頭におれは全力で拳をめりこませた。手首の骨が折れてもまだ殴った。顔面にとびちる血はハチミツみたいだった。キリタニの腹に馬乗りになり、茶色い髪の毛をつかむと地面にころがっていた石にキリタニの頭蓋を音楽のように叩きつけた。キリタニの息がとまると、呆気にとられている他のサークル員たちのなかからミミを探した。ミミを見つけると、ミミに襲いかかった。そして朝まで笑いころげながら朝焼けに染まったきれいな空をふたりきりで眺めた。そうでなかったという確信がない。わからない。どうして覚えていないのだろう。車の給油口にマッチを放りこんで幸福に貫かれたまま自殺したかもしれないというのに。

おれはもう死んでいるのだろうか。死んだ瞬間のことは記憶にない。ほかの人間と同様に。生まれたときの記憶がないように。周囲からはなにひとつ物音はしない。思考と思考が擦れあう音だけ聞こえてくる。花束を一振りしたような音だ。まるで暗闇が思考しているかのよう。一体おれはいつになったら眠ることができるのだろう。

思いだせることもいくつかはある。水のきらめき、ミツバチの羽音、爆笑してるのか水にむせてるのかわからないミミの咳。たしかミミと喧嘩して車内が険悪なムードになったこともあった。どうしてミミが怒ったのか未だによくわからない。だがミミが怒るということはきっとおれが悪いのだろう。原因はどうでもいい。それにミミはどうせすぐ謝ってくる。ホントだめだね、あたしって、笑いながらミミが言った。ほらこれ、ぺしゃんこのクロワッサン。さっきスマホのホーム画面に設定しといたから。旅行が終わってもスマホ見るたびにぺしゃんこのクロワッサンも見るの。でも、ぺしゃんこのクロワッサンが完全に無意味だってことは覚えといて。あたしも、これ見るたびにいろんなこと思いだすから。あのときのおれは一体なんと返事したのだったか。たしか、胸が詰まってなにも言えなかった。笑いをこらえていたのかもしれない。おれが怒っていると勘違いしてるのか、ミミは俯いたおれの顔をおずおずとのぞきこんだ。そして、あたし、朝倉が望むなら全然クロワッサンのタトゥーとか入れるから、と真剣そうに言った。

ミミが吐瀉物をぶちまけ、黄色い胃液がおれの足を濡らす。拳にはやわらかい肉の感触がのこっている。大きな声を出す。すると一瞬だけすすり泣きの声がやむ。そのままミミをひっくりかえし、笑いあい、どこかから射しこんでくる夏の日差しの下でしばしイチャイチャするが、突然跳ねあがるように起きあがったミミがおれの手首を嚙む。真っ白い歯に血が滲む。その横面に張り手を喰らわせ、ミミの腹のうえに馬乗りになりながら、幸福だな、とおれは思う。手首からしたたった血が床に垂れる。鮮やかな陽光のなかで、精液と血がピンク色に光る。

どうしておれのような人間にここまでの幸福が舞いこんだのだろう。世界中の木漏れ日が交錯したような幸福な時間だ。おれみたいな人間にこんな幸福が許されるわけがない。薪が燃える音が聞こえる。虫の羽音かもしれない。内側から、記憶のどこかから聞こえてくる。内面なんて存在しないかもしれないのに。内と外の区別など存在しないかもしれないのに。

おれは思いだす。仙台の高級ホテルに泊まった日の朝のことを。ドッキリのためミミとふたりで部屋で待機していたときのことを。目の前にバスローブ姿のミミがいたときのことを。

ベッドから立ちあがると、おれはテーブルランプを握りしめながらミミの背後に立った。ミミは笑っていた。白い生地の奥で肩甲骨が波立つように揺れていた。そしてミミがうしろをふりむこうとしたとき、勝手にふりかざされたテーブルランプが、固い支柱の底でミミの側頭部を砕いてずしりと重い振動を右手に伝えた。ミミは床に倒れこむとそのままびくともしなくなった。仰向けだった気もするが、状況からすればうつ伏せだったかもしれない。

一旦息を整え、ミミの横に仰向けになると、おれはさっきまでミミの吸っていたタバコの煙がただよう天井を見あげた。目の前には小ぶりのシャンデリアがあった。吊りさがった天然石がきらきらと電灯の光を透かしていた。身体を横向きにし、胎児のように背中を丸めると、おれはバスローブのはだけたミミの肩に手を伸ばした。白いタオル地の下に指を滑りこませると、湿り気ののこった肌にふれた。ミミの骨は固かった。どこかからキンモクセイのような甘いにおいがした。まだ夏なのに不思議だ、とおれは思った。

だが次の瞬間、ミミは笑っていた。目の前に立って何事もなかったかのようにさっきの話の続きを喋りだした。きょうも暑くなると思う？ 日傘とか買っちゃったりしてね。この前、近所歩いてたらさ、日傘をぶんぶん前後にふりまわしながら歩いてるババアがいてさ。雨傘をふりまわしてるジジイはよく見るけど、日傘をふりまわしながら歩いてるババアって珍しくない？ どういうことだろう。おれは目の前の光景が信じられない。いまさっき凡庸な欲望がふりかざされたのに。すぐそこで頭蓋をめりこませて倒れてたのに。テーブルランプは握っていない。だが右腕には痺れたような反動がのこっている。訳もわからずそのままぼんやりしていると、ミミは小首をかしげ、不審気な目でおれの顔を見あげた。あれ、どした？ 道端にいるヤバいおっさんみたいな顔してるよ？ 顔をとりつくろい、ミミから視線を外しながら、そうだな、とおれは言った。おれもそう思うよ。

一番単純な帰結は、これがおれ自身の夢だということだ。ミミの側頭部を殴りつけたのも夢、そのあと気を失ったミミにふれたのも夢、もしかしたらこのドッキリもこの合宿全体がおれの夢なのかもしれない。そう考えると色々と納得がいく。よく考えればこの合宿にはおかしなことがいくつもあった。部屋にひとりでとじこもり爪を嚙み、ぎざぎざになった半月で下腹部に甘い傷をつけながら幸福な妄想にふけっているおれの夢なのかもしれない。おれみたいな人間にこんな時間が許されるわけがない。これはすべて夢だったのだ。そう思いたくなる衝動を、とめることができない。

くだらないのだ。その発想が。その思考が。その願望が。その疑念が。

たとえばあの一瞬、なんでもいい、交通事故で死にかけた瞬間だろうが蔵王のあのいつ終わるのかもしれない飲み会だろうが、なんでもいい、ミミたち、三井もユカリも杉崎もモトキも、なにかを思っていたはずだ。どんなことを思っていたのかはわからない。だが少なくともなにかを思っていた。そのことをおれは知っている。信じている。そうした思考のゆらめき、感情の泡立ち、いつかは忘れてしまうはずでもたしかにあった歓びや驚きや絶望の数々がおれなどという卑劣な人間の夢なんかに還されていいはずがない。くだらない。ネットしか見てないやつの思いつきだ。おれが野垂れ死にしようが首を吊ろうがミミたちは今後も生きつづける。そのことをおれは知っている。信じている。ときどきはおれのことを思いだすかもしれない。だがいつかは必ず忘れる。外側にあろうが内側にあろうがいつかは必ず忘れる時間のなかで光や音楽の一閃を巻きおこしながらもやがては暗闇のなかで木っ端微塵に砕け散るのだ。

だったらどうすればいいのだろう。この右腕にこびりついている頭蓋の感触はどういうことなのだろう。おれはいま夢見てるのではなく夢見られてるとか？　自分が蝶になった夢を見てるのではなく蝶が自分になった夢を見てるとか？　わからない。不眠の夜にどれだけ言葉を重ねていこうが結局思考は空虚で意味をもたないままだ。いつまでたっても朝は来ようとしない。目の前の暗闇は濃くたぎったままだ。目の前という表現は間違っているかもしれない。自分がいま目を開けているのか、とじているのかもわからないのだから。

早く眠らせてくれ、朝倉は思う。早くおれを居心地のよい深い眠りのなかへ逃げこませてくれ、と。

だがおれはこの旅行が終わるまで眠ることができないだろう。自分の唾液を自分で味わい自分の視神経に目を澄ますこの孤独な夜をいつまでも生きつづけることだろう。

早くおれをひとりにしてくれ、朝倉は思う。

早くおれをひとりにして、この不眠の夜からときはなってくれ。

9

真夜中、宿のまわりには生き物の気配ひとつなかった。宿の門柱には砂がかぶさり、庭の濡れ縁におかれたステンレスの灰皿がときどき鈍く光る。月も出ていない。蜘蛛の巣にかかった蛾の死骸は埃にまみれ、水瓶の底でうごきをとめながら宿泊客たちの寝息に侵食されるようにゆっくりと朽ちていった。しかし夜が深くなるにつれて風が出てくると、神社の裏手の雑木林がやがてざわざわ音を立てはじめた。軒先の吹きながしが激しく左右に揺れた。閉めきられた雨戸から、ぴしりときしむような音がした。

わたしは布団から起きあがると、物音を立てないようにこっそり宿の部屋を出た。わたしはひとりだった。暗い廊下を歩き、建てつけの悪い玄関の引き戸を開けると軒下で庭の暗闇に目を慣らした。軒先にたたずみ、林の奥をのぞきこむと、風が前髪をひらりと払い、舞った土埃が剝きだしのくるぶしを小気味よく打つ。そのときになってようやくわたしは空を見あげた。強風に払われた雲のあいまに、満月が出ていた。うっすらした七色の暈が雲にかかっていた。満月の輪郭は夜空の色を吸収したかのように青白く光っていた。

わたしはさっき産まれたばかりの存在だ。ついさっき、寝床で立ちあがり、真夜中のなかでこうして息づいた。さっきまでわたしはわたしたちだったはずだ。それは間違いない。それなのにいまわたしは、こうして宿の軒先に立ったままひとりで夜空の月などを見あげている。どういうことか。さっきまでわたしたちだったはずのわたしは、いつのまにわたしになったのか。まるで季節のようだと思う。いま赤になった、黄色になったなんて瞬間はないのに、いつのまにか木の葉は静かに色づいて季節が移りかわったことに誰も気づかない。

わたしはこれからずっとひとりきりだ。どこを見まわしても見知らぬ人の影しかありやしない。ひとりで夏の熱波を浴び、ひとりで咳きこみ、ひとりで脇の下のじっとりした汗ばみを感じる。記憶もどんどん遠ざかっていく。あったことは、あったかもしれないこと、あったようなことになってやがてはなかったかもしれないことや絶対になかったことになる。だが、あったかなかったか、そんなことはどうでもいい。そもそも初日の夜にホテルの近くで見たのも満月だったはずだ。あれから八日経っているのなら、いま目の前にあるのは半月のはずだ。だが、いま目の前にあるのは満月だ。いや、新月かもしれない。月などないのかもしれないし、三角形をしたふたつの満月が仲良く隣同士に並んでいるという可能性だってある。わからない。どちらだっていい。満月のような三日月のような、三角形をしたふたつの月が隣同士に並んでいるようないまこの瞬間の夜空を見あげることができたのだから、それでいい。それ以外には何もいらない。いい夜だ、そう思う。いままで何度もくぐりぬけてきたような、いま目の前にあるような、これから何度もくぐりぬけていくような。

夜空に浮かぶ月の光は青白かった。青白くなんかなかった。ショッキングピンクでもあったし、エメラルドグリーンでもあった。

夜空に突きあげた親指で月をそっと隠す。目を閉じる。目を開ける。深く息を吸って腕を下ろすと、月はもう雲におおわれている。そこに本当に月があったかどうかもよくわからなくなる。

そしてわたしは宿にもどった。月灯りに照らされた廊下を歩いてこっそり部屋の襖を開けた。わたし以外の誰も起きていなかった。布団にもぐりこむと目を閉じた。すぐに眠りに落ちた。夢は見なかった。朝まで一度も起きることがなかった。

だが、おかしい。

そこから先のことが、さっきからわたしには全然思いだせないのだ！

たしか朝十時に宿をチェックアウトしたはずだ。もしかしたら寝坊したかもしれない。とにかく宿は出た。出てなければいまもまだ宿にいるということになる。下道で栃木まで行き、宇都宮で餃子を食べて高速道路に乗って夕方すぎには東京に着いた。どこかで観光をしたかもしれない。いやしてない。昼食もサービスエリアで適当に済ませたような気がする。思いだせない。車内ではどんな話をしただろうか。話題も尽きたからイントロクイズでごまかしたかもしれない。思いだせない。色々なことが思いだせない。そもそも本当に東京まで帰ったのか、どのような会話をしどのように寄り道をしたのかということが、さっきからわたしにはどうしても思いだせないのだ。

困ったものだ。

一番ありそうなのがそのまま無事に東京に帰ったということだ。いや、それはありえない。旅の続行を決意してそのまま車を北上させたような気がする。いや途中でエンストしただけだったか。それとも高速道路の壁に衝突してメンバー全員死亡したのだったか。途中で拾った荷物が原因でヤクザに追われる身となったなんて可能性もある。ヤクザじゃなくてFBIだったかもしれない。それとも強盗に巻きこまれて二十四時間コンビニにとじこめられたのだったか。意外とこれかもしれない。これだったらいい。勇気を出した三井が犯人のピストルを奪った隙に機動隊がコンビニに突入してきたのだ。いや、やっぱり違う。思いだせない。どうしても思いだせない。どうして思いだせないのだろう。なにか語るに値する、生涯忘れることのない出来事がたしかに起こったはずなのに。

そうだ、思いだした。

雪が、降ってきたのだ。

真夏の朝に、嘘みたいに真っ白い雪が。

わたしたちが宿から出発したとどうじに空から雪が降ってきた。奇妙な雪だった。真夏の光ではとけないのに舌にふれるとその体温ではあっさりとけた。季節外れの雪に街中がパニックになり、やがて交通規制のためそれ以上道を進めなくなるとわたしたちは公園に立ちよって強烈なまばゆさを散らした雪原に頭からとびこんだ。ミミが三井の背中に雪を入れると三井もミミの背中に雪を入れた。モトキは上半身裸になり、ユカリは新雪に足跡をつけ、しばらく黙ってそれを眺めていた朝倉も我慢の限界が来たように走りだしては突然雪に突っこんだ。モトキが雪を食べると三井も食べた。しばらくしてやってきた近所の子供たちも一緒に雪を食べた。初雪だった。早すぎる初雪なのか遅すぎる初雪なのかはわからない。鼻先に落ちてきたその冷たさに笑いをこらえたとき、ふと頭をよぎった、雨水と雪どけ水に味の違いはあるのだろうかというあの思いつきを、全身を貫くようなこの無内容な歓びをわたしたちはいつまで思いだせるか。

初出＝「群像」二〇二三年九月号

平沢 逸
（ひらさわ・いつ）
1994年、東京都生まれ。
早稲田大学基幹理工学部数学科卒業。
2022年、「点滅するものの革命」で第65回群像新人文学賞を受賞。

その音《おと》は泡《あわ》の音《おと》

二〇二四年二月二七日　第一刷発行

著者　平沢《ひらさわ》逸《いつ》
発行者　森田浩章
発行所　株式会社講談社
〒一一二―八〇〇一　東京都文京区音羽二―一二―二一
電話　出版　〇三―五三九五―三五〇四
　　　販売　〇三―五三九五―五八一七
　　　業務　〇三―五三九五―三六一五
印刷所　ＴＯＰＰＡＮ株式会社
製本所　株式会社若林製本工場

KODANSHA

ISBN978-4-06-534271-8